KB127790

FANTASTIC ORIENTAL HEROES

**임영기** 新무협 판타지 소설

# 등룡기 8

임영기 新무협 판타지 소설

초판 1쇄 찍은 날 § 2014년 9월 4일
초판 1쇄 펴낸 날 § 2014년 9월 16일

지은이 § 임영기
펴낸이 § 서경석

편집부장 § 권태완
편집책임 § 박가연

펴낸곳 § 도서출판 청어람
등록번호 § 제387-1999-000006호
등록일자 § 1999. 5. 31
어람번호 § 제2-2527호

주소 § 경기도 부천시 원미구 부일로 483번길 40 서경B/D 3F (우) 420-822
전화 § 032-656-4452  팩스 § 032-656-4453
http://www.chungeoram.com
E-mail § chungeorambook@daum.net

ⓒ 임영기, 2014

ISBN 979-11-361-9196-0 04810
ISBN 979-11-5681-982-0 (세트)

※ 파본은 구입하신 서점에서 교환하여 드립니다.
※ 저자와 협의하여 인지를 붙이지 않습니다.
※ 이 책은 도서출판 청어람과 저작자의 계약에 의해 출판된 것이므로,
　무단 전재 및 유포 · 공유를 금합니다.

FANTASTIC ORIENTAL HEROES

騰龍記

등룡기

임영기 新무협 판타지 소설

8

혈보(血步)

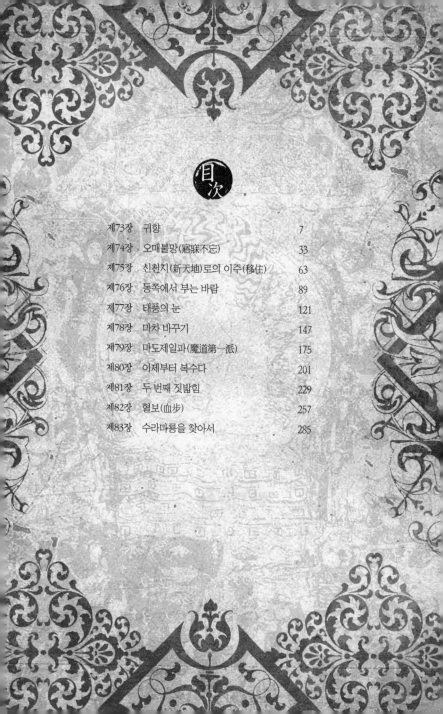

目次

# 第七十三章

귀향

등룡기

도무탄은 코 밑과 턱에 손가락 한 마디 길이의 짧고 덥수룩한 수염과 구레나룻을 기른 모습이다.

　머리에는 산뜻하게 상투를 틀고 녹색의 옥비녀를 꽂았으며 유람이라도 나온 듯한 백의 단삼을 입었다.

　그는 백주 대낮에 북경성 대로 한복판을 천천히 걸어가면서 매우 여유 있는 표정으로 구경하듯이 주위를 둘러보았다.

　독고지연과 은한 자매가 있는 북해 연지루로 한달음에 달려가고 싶지만, 지금은 성내 거리에 사람이 가장 많이 다니는 시각이라서 천천히 가고 있다.

지난 반년 동안 그는 한시도 독고지연과 은한 자매를 잊은 적이 없었다.

　아니, 솔직하게 말하자면 마지막 한 달여 동안 고려국의 태황가에서 맞이한 새 신부 고옥군과 신혼의 단꿈에 젖어 있던 때만큼은 독고 자매에 대한 그리움을 어느 정도는 잊고 지낼 수 있었다.

　그럴 수밖에 없었다. 남자라면 그 상황을 이해하고도 남을 것이다. 천상천하를 통틀어서 가장 아름다운 우물(尤物) 고옥군이 아닌가. 특히 잘나고 호색(好色)하는 도무탄이라면 더욱 그럴 터이다.

　도무탄은 여기까지 오는 동안 요동 변방에서는 무림의 소문을 드문드문 어렴풋이 들었다. 그러다가 하북성 내에 들어서고 나자 지난 반년 동안의 소문들이 봇물 터지듯이 그의 귀로 쏟아져 들어왔다.

　소문 중에는 예상했던 일보다는 예상하지 못했던 것이 더 많았다.

　어쨌든 지금은 독고 자매를 만나는 일이 제일 중요했다.


*　　　*　　　*


　예전 독고가의 세 자매는 북경성의 많은 사람이 부러워할 정도로 우애가 두터웠었다.

그러나 그것은 반년 전의 얘기다. 지금은 서로 얼굴도 마주 대하지 않을 정도로 틀어진 사이가 돼버렸다.

물론 독고지연과 은한 자매의 우애는 예전보다 훨씬 더 두 터워졌다.

문제는 큰언니인 독고예상이다. 그녀를 구하러 뇌전팽가에 잠입했던 도무탄이 영능을 만나서 결국 비참한 죽음을 맞이했다는 사실을 독고지연과 은한을 비롯한 도무탄의 측근들이 알게 된 것이다.

아무리 좋게 말한다고 해도 독고예상 때문에 도무탄이 죽었다는 사실은 변함이 없다.

하지만 내심으로는 독고예상 때문에 도무탄이 죽은 것이라고 그녀를 원망할는지 모르지만, 겉으로 그것을 드러내는 사람은 아무도 없었다.

오히려 자신들의 말 한마디로 인해서 그녀가 상처를 받을까 봐 각별히 말과 행동을 조심하곤 했다.

그런데 조용히 자숙을 하고 반성을 해야 마땅한 독고예상이 걸핏하면 발작을 일으켜서 연지루를 한바탕 뒤집어놓기 일쑤였다.

백발 노파로 변한 그녀는 어떨 때는 하루 종일 울다가도 또 어떨 때는 정신 나간 사람처럼 몇 시진이고 웃어댔다. 웃다가 목이 쉬고 숨을 껄떡이면서도 손톱으로 바닥을 긁으며 웃었다.

그뿐 아니라 주위 사람들을 상대를 가리지 않고 불쑥불쑥 괴롭히는가 하면, 가구와 집기를 부수고 창밖으로 내던지는 것은 흔한 일이다.

가장 봐주기 어려운 것은 자결을 하겠다면서 단검으로 손목이나 목을 긋기도 하고 복부를 가르기도 한 것이다. 그리고 그게 통하지 않으면 연지루 꼭대기 층 연지상계에서 창밖으로 뛰어내려 발목이 부러지거나 갈비뼈와 등뼈가 부러진 일이 한두 번이 아니었다.

그래서 지금은 어느 누구도 독고예상을 상대하려고 들지 않는 상황이 돼버렸다.


오늘도 독고지연과 은한 자매는 창가의 탁자에 마주 앉아서 꽤 오랫동안 침묵을 지키고 있다.

마지막으로 밥을 먹은 것이 어제였는지 그제였는지 기억도 나지 않았고 기억하고 싶지도 않다.

어젯밤에 잠은 잤는지 밤새 설쳤는지, 지금은 깨어 있는 것인지 아니면 비몽사몽간인지 종잡을 수가 없다.

그러나 깨어 있는 것이면 어떻고 잠을 자고 있는 것이라면 또 어떤가.

작년 늦가을 도무탄이 영능에게 죽은 이후부터 그녀들은 살아 있어도 살아 있는 것이 아니었다.

그저 숨을 쉬면서 최소한의 섭생과 수면을 취하며 질긴 목숨을 연명하고는 있지만 이승이 좋아서 구태여 이곳에 머물고 있는 것이 아니다.

도무탄이 죽었다는 사실을 아직까지도 받아들이지 못하고 있기에 구차한 목숨을 이어가고 있는 것이다.

만약 도무탄의 시신을 눈으로 직접 확인했다면 바로 그 순간 목숨을 끊어 그가 있는 저승으로 한시바삐 달려갔을 것이다.

그녀들은 자결을 할 때 서로의 심장에 검을 찔러서 죽자고 이미 약속까지 해두었다.

그런데 그녀들은 아직까지 도무탄의 시신을 확인하지 못했으며 그렇다고 해서 그의 죽음을 믿을 만한 확실한 근거도 마주 대한 적이 없었다.

자신이 그를 죽였다고 하는 영능의 주장만 믿고 무턱대고 목숨을 끊을 수는 없는 일이다.

만에 하나 그녀들이 자결을 한 이후에 도무탄이 살아서 돌아온다면 그때는 어떻게 한다는 말인가.

도무탄은 살아 있고 어설픈 선택을 한 그녀들은 자결을 해버린 어이없는 상황을 만들지 않기 위해서라도 함부로 자결

할 수도 없는 것이다.

그러나 그녀들은 이제 많이 지쳤다. 무작정 기다리는 것도, 도무탄의 죽음을 확인하는 것도 진이 다 빠져 버렸다.

이제 그가 살아 있을 것이라는 희망은 거의 사라진 상태다. 만약 그가 살아 있다면 지금까지 돌아오지 않을 리가 없다는 생각이다.

그러니까 그는 죽은 것이 거의 분명하다. 이제 남은 것은 독고지연과 은한 자매가 자결하기로 결심하고 시기를 정하는 일이다. 그런 적당한 계기만 주어진다면 추호도 망설이지 않을 터이다.


도무탄은 연지루 내의 비밀 통로를 걸어서 올라가고 있는 중이다.

그는 연지루 일 층의 문이 열려 있고 또 청소를 하느라 분주한 틈을 노려 슬쩍 비밀 통로로 들어왔다.

비밀 통로는 꼭대기까지 직통으로 연결되었기 때문에 그는 잠시 후에 연지상계에 나타났다.

슥—

그는 앞을 가로막은 서가를 밀고 거실로 나왔다. 그러나 그곳에는 아무도 없었으며 연지상계 전체가 무덤 속처럼 고요했다. 모두들 각자 자신의 방에서 꼼짝도 하지 않는 것 같았다.

반년 만에 제 집에 찾아온 도무탄은 거실을 나와 주위를 두리번거리면서 곧장 침실로 향했다. 그곳에서 독고지연과 은한의 기척을 감지한 것이다.

척—

그는 마치 잠깐 외출을 했다가 집에 돌아온 것처럼 자연스럽게 침실 문을 열고 안으로 들어갔다.

침실 창가에 놓인 탁자에는 독고지연과 은한이 마주 앉아서 멍한 얼굴로 창밖을 내다보고 있었다.

그녀들의 시선은 반쯤 열어놓은 창을 통해서 굽어보이는 북해의 반짝이는 물결에 고정되어 있다.

그녀들은 정신이 멍한 상태라서 등 뒤에서 문이 열리는 기척을 듣지도 못했다.

도무탄은 탁자로 천천히 걸어와서 허리를 굽히고 창밖을 보면서 양팔로 그녀들의 어깨를 부드럽게 감쌌다.

"뭘 보는 것이냐?"

"……."

"……."

독고지연과 은한은 그냥 누가 불러서 뒤돌아보는 것처럼 고개를 돌려 수염투성이 도무탄을 바라보았다.

초췌한 얼굴의 그녀들은 자신의 어깨를 감싼 채 빙그레 미소를 짓고 있는 수염이 덥수룩한 남자를 눈을 깜빡이면서 멀뚱히 쳐다보았다.

그가 도무탄이라는 사실은 한눈에 알아보았지만, 이런 일이 현실에서는 절대로 일어나지 않을 것이기 때문에 자신들이 헛것을 보고 있다고 생각했다.

"언니, 나 지금 탄 랑 보고 있어."

"응. 나도……."

그녀들은 수척한 얼굴에 방그레 미소를 떠올렸다.

"탄 랑 수염 길렀네……."

"탄 랑은 뭘 해도 멋있어."

도무탄은 팔로 그녀들의 허리를 감고 가볍게 번쩍 안고는 침상으로 걸어갔다.

"아아……."

"연아, 이게 무슨……."

도무탄은 그녀들을 침상에 내던지고 그 위로 덮치면서 거센 콧김을 내뿜었다.

"너희, 이렇게 하면 날 믿겠느냐?"


독고지연과 은한 자매의 침실 문 밖에 여러 사람이 모여들어 들뜬 표정을 짓고 있다.

실내에서 격렬하게 정사를 하면서 내뱉는 신음과 비명 소리가 흘러나오고 있기 때문이다.

이 방은 독고지연과 은한 자매가 사용하는 침실이므로 신음 소리를 내고 있는 두 여자는 그녀들이 분명할 것이다. 그렇다면 가끔씩 흘러나오는 남자의 굵직한 신음은 대체 누구 것이라는 말인가.

문밖에 모인 사람들은 독고지연과 은한 자매가 아무 남자하고나 정사를 하지 않을 것이라는 사실을 굳게 믿고 있다. 그건 있을 수도 없는 일이다.

그렇다면 지금 그녀들과 정사를 하고 있는 남자는 도무탄이 분명할 것이다.

그래서 문밖에 모인 사람들은 잔뜩 기대하는 표정을 지으며 정사가 끝나기를 기다리고 있다.

"뭐야? 이게 무슨 소리지?"

그때 모두가 기피하는 독고예상이 나타났다. 그녀는 곧장 문으로 다가와 잠시 안에서 흘러나오는 소리에 귀를 기울이는가 싶더니 표정이 크게 변해서 벌컥 문을 열고 안으로 달려들어갔다.

사람들이 깜짝 놀라는 사이에 독고예상은 방 안으로 들어가더니 문을 닫아버렸다.

탁!

도무탄과 독고지연 은한 자매는 정사에 몰두하고 있어서

독고예상이 들어왔는지도 몰랐다.

"흐으……."

휘장을 걷고 침상 안으로 들어간 독고예상은 침상 위에서 나신의 두 여자를 짓밟고 있는 건장한 체격의 벌거벗은 사내가 도무탄이라는 것을 한눈에 알아보고 몸을 부르르 격렬하게 떨었다.

마침 무릎을 꿇고 엎드린 자세를 취하고 있는 독고은한이 독고예상을 발견했으나 개의치 않았다.

그녀의 뒤에서 공격하고 있는 도무탄 때문에 황홀경에 빠져 있어서 독고예상이 눈에 들어오지 않기 때문이다.

"왔어…….

털썩!

독고예상은 그 자리에 주저앉으며 중얼거렸다.

"그가 살아서 돌아왔어……."

바닥에 퍼질러 앉은 그녀는 왈칵 눈물을 쏟았다.

"내가 뭐랬어… 이럴 줄 알았다니까……."


얼마 전까지만 해도 초상집 같았던 연지상계에 웃음소리가 가득했고 즐거운 목소리가 넘쳤다.

보화와 소진이 정성껏 마련한 갖가지 요리와 술이 긴 탁자에 놓였고, 거기에 도무탄을 비롯한 측근들이 모두 모여서 식사를 하고 있다.

아니, 식사를 제대로 하고 있는 사람은 도무탄 혼자고 다들 그를 쳐다보느라 요리가 코로 들어가는지 입으로 들어가는지 정신이 없는 모습이다.

십중팔구 거의 죽었다고 단념했던 도무탄이 어느 날 갑자기 버젓이 살아서 돌아왔으니 모두의 기쁨이야말로 설명할 수 없을 정도다.

독고지연과 은한은 도무탄 좌우에 찰싹 붙어 앉아서 먹지 않아도 배가 부른 듯 그를 바라보고 만지면서 시중을 드느라 정신이 없다.

독고은한 옆에 앉은 독고예상은 연신 너털웃음을 터뜨리며 식사를 하는 도무탄을 보며 답답한 듯 물었다.

"몸은 괜찮은 거야? 다친 곳은 다 나았어?"

도무탄은 건성으로 대답했다.

"아까 확인하지 않았소?"

그녀는 아까 도무탄이 원기왕성하게 독고지연, 은한을 상대로 정사를 하던 광경을 떠올렸다.

사실 그때 독고예상은 도무탄의 나신을 꽤 오랫동안 지켜봤었는데, 지금 돌이켜 생각해 보니까 그의 몸에는 상처는커녕 흉터조차도 없었던 것 같다.

그렇게 야생마처럼 펄펄 날뛰는 사람이 다쳤거나 그 후유

중 때문에 고생할 것이라는 생각은 들지 않았다.

독고예상은 이번에는 다른 것이 궁금했다.

"뭘 하느라 이렇게 늦은 거야?"

도무탄은 백발 노파로 변한 독고예상을 쳐다보며 의아한 표정을 지었다.

"처형은 어쩌다가 그런 모습이 된 거요?"

"어쩌다 보니까 이렇게 돼버렸어. 신경 쓰지 말고 묻는 말에나 대답해 봐."

그녀는 대수롭지 않은 듯 손을 내저었다.

사람들은 독고예상이 지금처럼 정신이 똑바르고 사고를 치지 않는 모습을 처음 보았다.

그녀는 거지꼴로 다 죽어가는 모습을 하고 연지루 근처 호숫가에서 산책을 하던 보화와 소진에게 발견되어 연지상계에서 살게 된 날부터 사고뭉치로 전락했었다.

그런데 지금 그녀가 어느 때보다도 맑은 정신으로 도무탄에게서 잠시도 시선을 떼지 않는 것을 보고는 그동안 그녀가 어째서 그런 행동을 했었는지 다 이해하게 되었다.

하기야 연지상계에 거주하는 사람치고 도무탄의 죽음 때문에 제정신이었던 사람이 누가 있었겠는가.

단지 독고예상은 도무탄이 없는 동안 그것을 겉으로 드러내 놓고 내보였을 뿐이다.

만약 그렇게 하지 않았으면 그녀는 속이 터져서 죽었거나 미쳐 버렸을 것이다.

"사부님을 만났소."

도무탄이 조용한 목소리로 말하자 다들 깜짝 놀라 동작을 멈추고 그를 쳐다보았다.

독고예상이 말도 안 된다는 듯 그러면서도 기대하는 표정으로 물었다.

"천신권을 만났다는 거야?"

"그렇소."

"삼백여 년 전에 죽은 사람을 어떻게 만났다는 거야? 설마 귀신이라도 만난 거야?"

독고예상이 손을 저으며 말도 안 된다는 듯 일소(一笑)에 붙이려고 하자 도무탄이 고개를 끄떡였다.

"바로 맞췄소. 나는 사부님의 영혼을 만나 뵈었소."

독고예상은 물론이고 다들 도무탄의 표정이 진지한 것을 보고 그가 농담을 하는 것이 아니라고 생각했다. 더구나 지금은 농담을 할 상황이 아니다.

도무탄은 자신이 영능에게 크게 패한 후에 권혼을 완성하려는 목적으로 소오대산 깊은 산속에 들어갔다는 것, 그리고 그곳에서 일 년 중 가장 월정이 강력한 보름달이 뜬 밤에 소구결을 운공조식하여 사부 고연후를 만나게 된 과정을 자세히 설명해 주었다.

그러나 고연후가 멸망한 고구려의 태왕이었다는 사실과 자신이 고려국 솔빈마을의 태왕가에 다녀왔다는 등의 자세한 설명은 삼갔다.

그것은 나중에 따로 독고지연과 은한에게 설명을 하고 이해를 구할 내용이기 때문이다.


화기애애한 분위기 속에서 식사를 겸해 술을 마시고 나니까 어느덧 밤이 되었다.

보화는 도무탄의 침실 탁자에 그와 독고지연, 은한을 위해서 따로 술상을 차려주었다.

세 사람이 오랜만에 밀린 회포를 풀면서 술이라도 마시라는 보화의 자상한 배려다.

그런데 세 사람은 처음부터 방해를 받았다. 독고예상이 찰거머리처럼 들러붙어서 가지 않는 것이다.

독고예상은 두 여동생을 훼방 놓을 생각은 추호도 없다. 그저 도무탄에게 궁금한 것이 몇 개 있어서 알아보고 싶은 것이고, 그의 생환(生還)이 너무 기뻐서 그와 조금 더 같이 있고 싶은 심정이다.

그것이 두 여동생을 훼방 놓는 짓이라는 사실까지는 생각이 미치지 않았다.

독고지연과 은한이 아내로서 그와 각별한 사이라면, 독고예상은 처형으로서 남들에게는 말하지 못할 비밀을 그와 공유하고 있는 사이다.

독고예상은 여동생들에게 말하지 않은 비밀이 두 가지 있다. 자신이 뇌전팽가에서 소가주 팽정의 명령으로 십여 명의 뇌전도수에게 강간을 당했다는 것과, 그것을 복수해 달라고 애원을 해서 도무탄이 팽정을 강간한 일에 대해서는 한마디도 입 밖에 내지 않았다.

그 일은 죽으면 죽었지 아무에게도 말할 수 없다. 그녀가 뇌전도수 십여 명에게 강간을 당했다는 사실도 치욕스러운 일이지만, 그녀의 애원으로 도무탄이 팽정을 강간한 일은 무슨 일이 있어도 비밀을 지켜줘야만 한다.

이유야 어쨌든 도무탄이 저항할 능력이 없는 여자를 강간했다는 것은 파렴치한 짓이다.


"할 말이 있다."

도무탄은 술을 마시던 중에 결국 속에 있는 얘기를 털어놓아야겠다고 마음먹었다.

독고예상이 자신의 방으로 가기를 기다리자니 시간은 자꾸 가는데 그녀의 궁둥이는 점점 더 무거워지고, 그녀가 있다고 해서 못할 얘기도 아닌 것이다.

"말씀하세요."

독고지연과 은한은 그의 양쪽에 찰싹 달라붙어 있는데 독고지연이 그의 어깨에 뺨을 문지르면서 행복한 표정으로 종알거렸다.

"아까 사부님에 대해서 설명했잖느냐?"

"네."

"거기에서 말하지 않은 것이 있다."

"뭔가요?"

독고지연과 은한은 도무탄이 무슨 말을 하더라도 무조건 다 이해할 수 있다는 듯한 얼굴이다.

죽었을 것이라고 거의 포기했던 그가 살아서 돌아왔는데 무엇을 이해하지 못하겠는가.

독고예상은 혼자서 술을 따르고 마시면서 골똘히 생각에 잠긴 듯한 얼굴로 도무탄을 말끄러미 바라보았다. 표정만으로 보면 그녀는 도무탄이 무슨 말을 할 것인지 전혀 궁금하지 않은 듯했다.

도무탄은 사부 고연후의 고향인 고려국 솔빈마을 태왕가에 갔었던 일과 사부의 위를 이어받아 삼십칠 대 태왕이 된 것을 얘기했다.

그리고 가장 중요한 것, 사부의 적통인 고대부인 고옥군과 혼인을 하여 부부지연을 맺은 일들을 단숨에 설명했다.

그는 설명을 끝내고 긴장이 풀어지고 또한 독고지연과 은한이 어떻게 나올 것인지 궁금해서 술잔의 술을 입속에 쏟아 부어 단숨에 마셨다.

그가 예상했던 대로 세 여자는 크게 놀랐다. 그녀들은 그를 바라보면서 아무도 입을 열지 않았다.

도무탄은 그녀들의 첫 반응이 나올 때까지 연달아서 술을 따르고 마셨다.

이 일은 그가 원해서 바람을 피웠다고 말할 수는 없다. 사부의 유언을 따르기 위해서 고려국 태왕가에 갔다가 일이 이 지경이 돼버린 것이다.

만약 그에게 좋은 방법만 있었더라면 고옥군하고의 혼인만큼은 피했겠지만 당시에는 아무리 머리를 쥐어짜냈어도 방법이 없었다.

그녀를 외면해 버리고 눈 딱 감은 채 중원으로 돌아오는 방법 같지 않은 방법이 하나 있긴 했었다.

하지만 그 방법을 선택하는 것은 사부 고연후의 모든 것을 부정하는 것이다.

그 방법을 택했다면 이후 도무탄은 사부에게 물려받은 용권도 사용하지 말아야 한다.

그럴 수는 없었다. 용권을 사용하지 못한다는 것은 영능에게 복수를 할 수 없다는 뜻이고, 나아가서는 무림의 최고수가 되겠다는 야망도 접어야만 한다는 것이다.

고옥군과 혼인을 하지도 않으면서 용권을 사용하는 것은 생각해 본 적도 없다.

그런 짓은 가장 비열한 수작이라서 머릿속에 떠올리는 것조차 소름이 끼친다.

어쨌든 그는 고옥군과 혼인식을 올렸으며 그녀와 한 달여 동안 신혼 생활을 했다.

신혼 생활 동안 두 사람은 한시도 떨어져 있지 않았으며 거의 하루 종일 침상에서만 지냈다.

그리고 하루에 적게는 서너 번 많게는 대여섯 번씩 격렬한 정사를 가졌다.

처음에는 후손, 그것도 아들을 낳아야 한다는 절박함 때문이었지만, 점차 두 사람은 서로를 사랑하게 되었으며 고옥군이 정사의 깊은 쾌락을 깨우치게 되면서 더욱더 그것에 빠져들었다.

도무탄이 고옥군과 정사를 한 횟수는 아마도 독고지연과 은한하고 정사를 한 회수를 합친 것보다도 많을 터이다.

이제 와서 고옥군과 혼인한 것을 후회하지는 않는다. 아니, 그녀를 사랑한다. 독고지연과 은한을 사랑하는 것처럼 고옥군도 사랑한다.

사랑이라는 것이 매우 특별하기는 하지만, 그가 독고지연

과 은한을 사랑하게 됐던 것처럼, 고옥군도 사랑하게 되었을
뿐이다.

"맙소사… 그사이에 탄 랑이 다른 여자와 혼인식을 올렸다
는 건가요?"

"그래."

한참 만에 독고지연이 놀란 가슴을 조금 진정시키고 떨리
는 목소리로 물었다.

표정과 목소리만으로도 그녀가 얼마나 충격을 받았는지
짐작할 수 있었다.

"그녀하고 태왕가라는 곳에서 한 달 동안이나 신혼 생활을
했다고요?"

"음. 그렇다."

도무탄은 좋은 말로 변명하려고 들지도 않았다. 아무리 좋
게 말한다고 해도 그게 사실이기 때문이다.

"어떻게 그럴 수가……."

"미안하다."

독고지연이 하얗게 질린 얼굴로 늘씬한 몸을 바르르 떨자
도무탄은 씁쓸한 얼굴로 고개를 숙였다. 그는 독고지연과 은
한을 이해시키는 것이 예상했던 것보다 훨씬 어려울 것이라
는 예감이 들었다.

탁!

"뭐가 미안하다는 거야? 무탄이 뭐가 미안해? 고개 들어, 무탄! 고개 숙일 필요 없어!"

그때 갑자기 독고예상이 술잔을 소리 나게 탁자에 내려놓으며 바락 소리를 질렀다.

모두 놀라서 주시하는 가운데 독고예상은 도무탄을 보면서 큰 몸짓을 써가며 격한 감정으로 외쳤다.

"무탄이 너는 영능하고 싸워서 죽다가 겨우 살아났어! 그리고는 꿈에도 그리던 사부를 만나서 용권이라는 것을 완성했잖아! 사실 너는 여기에 돌아올 필요 없었어! 그냥 거기 태왕가라는 곳에서 그 여자하고 행복하게 살면 됐던 거야! 그런데 여긴 무엇 하러 돌아와서 이런 버르장머리 없는 년들에게 욕을 먹는 거야?"

독고예상은 서슬이 퍼래서 꾸짖었으며, 독고지연과 은한은 소스라치게 놀라서 얼굴이 하얗게 질렸다.

"이년들은 아직도 정신을 차리지 못했어! 무탄이 돌아오지 않고 이년들이 청상과부가 돼서 눈물콧물 흘리면서 몇 년 살아봐야 정신이 번쩍 들겠지! 그때쯤 무탄이 돌아오면 한 여자하고 혼인을 한 것이 문제가 아니라 삼처 사첩을 두었다고 해도 그저 돌아와 준 것이 기뻐서 쌍수를 들고 환영할 거야!"

도무탄은 독고예상이 자신의 편을 들어주는 게 마음이 편하지 않았지만 지금으로썬 별 뾰족한 수가 없다. 그녀의 말에 전적으로 동감하지는 않지만 듣고 보니까 딴에는 일리가 있는 것 같기도 했다.

그러나 독고지연과 은한이 그녀의 말에 어느 정도 공감할지가 문제다.

도무탄이 듣기에는 열흘 삶을 호박에 이빨도 들어가지 않을 소리다. 독고예상의 서릿발 같은 꾸짖음은 점점 도를 더해만 갔다.

"너희는 지금 무탄이 살아서 돌아온 게 기쁘지 않은 것이 분명하구나! 그래서 그가 어쩔 수 없는 상황에서 여자 하나를 맞이했다는 사실을 인정하지 못하는 게야! 에라! 천하에 못된 년들!"

"언니……."

독고예상은 도무탄에게 다가와서 그의 팔을 잡고 힘주어 일으켜 세웠다.

"무탄! 당장 여길 나가서 앞으로는 영영 돌아오지 마!"

이번에는 도무탄이 당황했다. 일을 해결하는 게 아니라 더 꼬이게 만드는 것 같았다.

"처형……."

"이따위 구박이나 당하려고 죽을 고비 넘기면서 돌아온 거야? 참 무탄이 너도 병신 같다, 정말……. 썩 가버려! 뒤도 돌아보지 말고 여길 떠나란 말이다!"

독고예상은 문 쪽으로 도무탄의 등을 힘껏 떠밀었으며, 그것으로도 모자라서 한 손으로 문까지 열었다. 그를 문 밖으로 몰아내려는 것이고 정말로 그렇게 했다.

털썩!

"으흐흑! 언니! 우리가 잘못했어… 다시는 안 그럴게……."

"가지 말아요, 탄 랑……. 탄 랑만 곁에 있어준다면 어떤 일이라도 감내할 수 있어요… 제발……."

그때 자신들이 무지했음을 깨달은 독고지연과 은한이 동시에 바닥에 온몸을 내던지면서 무릎을 꿇으며 자지러질 듯이 울음을 터뜨렸다.

도무탄은 자신이 새 여자를 얻었는데도 오히려 독고지연과 은한이 잘못했다고 울부짖으니까 마음이 편하지 않아서 그녀들을 일으키려고 했다.

더구나 독고예상의 어림도 없는 막무가내 설교가 먹히다니 좀 어리둥절했다.

만약 자신이 독고지연이나 은한이었다면 절대로 이해하지도 용서하지도 못할 일이기 때문이다.

그가 독고지연과 은한을 일으키려고 하자 독고예상이 앞을 가로막으며 그를 문 밖으로 힘껏 밀어냈다.

"무탄, 저것들을 용서하지 마. 언제 또 무탄의 속을 썩일지 모르는 일이야. 그러니까 이 길로 여길 떠나서 다시는 돌아오지 마. 알았지? 어서 가."

도무탄은 독고예상의 뜻을 충분히 알아들었다. 지금은 독고지연이나 은한에게 하는 행동이 가혹할지 모르지만 이렇게 해두는 것이 장차를 위해서, 그리고 모두를 위해서 필요하다는 생각이 들었다.

순간적인 감정을 자제하지 못하면 오랫동안 고생하게 된다는 사실은 경험으로 익히 터득했었다.

"알겠소, 처형. 그럼 뒤를 부탁하오."

그는 짐짓 못 이기는 체 착잡한 목소리로 말을 하며 문밖으로 나갔다.

"아앗! 여보! 천첩이 잘못했어요!"

"아악! 탄 랑! 차라리 천첩을 죽이고 가세요!"

독고지연과 은한은 무릎걸음으로 미친 듯이 밖으로 따라나오며 처절하게 울부짖었다.

그녀들은 잠시 걸음을 멈춘 도무탄의 다리를 하나씩 부여잡고서 그것을 두 팔과 가슴으로 안고는 그의 다리에 눈물범벅인 얼굴을 비볐다.

"여보… 잘못했어요… 사랑해요, 여보……."

"으흐흐흑! 여보… 당신 없으면 천첩은 죽어요……."

도무탄은 아무런 잘못도 없는 그녀들이 이처럼 처절하게 절규하는 모습을 보는 것이 가슴 아팠으나 마무리를 제대로 하는 것을 잊지 않았다.

"그렇지만 나는 너희 허락도 없이 다른 여자와 혼인을 했으니 용서받을 수 없다."

그는 최대한 풀 죽은 불쌍한 표정을 지으며 중얼거렸다.

그러자 두 여자는 그의 다리에 매달려서 고개를 가로저으며 맹렬하게 소리쳤다.

"아니에요! 천첩의 생각이 짧았어요! 큰언니 말처럼 탄 랑이 무사히 돌아오셨는데 삼처 사첩을 얻은 게 대수인가요? 천첩은 괜찮아요!"

독고지연의 절규와도 같은 외침에 독고은한은 아예 한술더 떴다.

"여보! 천첩들을 버리지만 않으신다면 백 번째 첩으로라도 탄 랑을 모시고 싶어요! 제발 천첩들의 우매함을 용서해 주세요! 흐흐흑!"

도무탄은 그녀들의 울부짖음을 도저히 두고 볼 수가 없어서 몸을 굽혀 두 팔로 그녀들을 각각 안았다.

"이제 됐다. 들어가자."

독고예상도 이쯤 했으면 됐다 싶은지 이번만큼은 아무 말도 하지 않았다.

# 第七十四章

오매불망(寤寐不忘)

등롱기

척!

잠자리에 들기 전에 도무탄은 독고예상의 방을 찾았다.

자신의 방에 돌아온 지 일각도 되지 않아서 도무탄이 들어오자 탁자에 앉아 있던 그녀는 의아한 표정을 지으며 일어섰다.

"무슨 일이야?"

"이리 와서 누우시오."

도무탄은 휘장을 걷고 먼저 침상으로 들어갔고, 독고예상은 그가 뭘 하려는 것인지 예상하고는 툴툴거리면서 뒤따라 들어갔다.

"나 아픈 곳 없어. 건강하다니까?"

"건강해서 이렇게 늙은 노파가 됐소?"

"그건……."

"얼마나 내 걱정을 했으면 이렇게 머리가 다 하얘지고 폭삭 늙어버린 것이오?"

"누… 누가 널 걱정해?"

독고예상이 당황해서 허둥거리는 모습을 보고 도무탄은 자신의 짐작이 맞다는 것을 알았다.

"어서 눕기나 하시오."

도무탄이 진지한 표정을 짓자 독고예상은 투덜거리면서도 말 잘 듣는 어린아이처럼 침상에 반듯하게 누웠다.

"이렇게?"

문득 도무탄의 시선이 어지러운 흉터들이 있는 그녀의 양 손목으로 향했다.

그것은 칼로 손목을 그은 흉터인데 자결을 하려던 흔적임을 알 수 있었다.

도무탄은 자신이 잘못된 것을 알고 그녀가 자결을 시도했을 것이라 짐작하고는 그녀의 한쪽 손목을 잡고 들어 올리며 물었다.

"왜 이런 것이오?"

"별거 아냐."

독고예상은 눈을 내리깔고는 힐끗 쳐다보더니 대수롭지 않게 내뱉었다.

"자결하려고 한 거요?"

"무… 무슨 소리야?"

정곡을 찔린 그녀는 화들짝 놀랐다. 그녀의 놀라는 모습이 도무탄의 짐작을 확신시켰다.

슥…….

그는 말없이 그녀의 상의를 벗겼다. 두 사람은 제부와 처형 사이지만 그런 게 없어진 지 이미 오래다.

"뭐… 하려는 거야?"

그녀는 버둥거렸으나 벗지 않으려는 발버둥이라기보다는 그저 한 번 해보는 부질없는 몸부림이다.

젖 가리개도 하지 않은 채 홑옷만 입고 있었던 독고예상의 벌거벗은 상체를 보는 도무탄의 눈빛이 충격과 슬픔으로 깊이 젖어들었다.

막상 벗겨놓으니까 그녀의 상체는 글자 그대로 계피학발(鷄皮鶴髮), 피부는 닭 껍질처럼 거칠고 머리카락은 학의 털처럼 희다.

젖 가리개는 할 필요가 없다. 쭈글쭈글 말라비틀어진 젖가슴에 조그만 유두가 달려 있을 뿐인데 무에 젖 가리개가 필요하라.

더구나 목이며 복부, 가슴에 온통 칼로 찌르고 베인 흉터가 빼곡했다. 그 역시 자결을 하려다가 미수에 그친 뼈아픈 흔적이라고 짐작했다.

"처형……."

도무탄은 작은 감동으로 가슴이 축축해져서 손바닥으로 그녀의 몸을 쓰다듬으며 중얼거렸다.

"독고가의 세 여자가 내 삶의 근원이오."

측근들 모두가 그의 죽음 혹은 부재에 큰 충격을 받았겠지만 그중에서도 독고지연과 은한이 가장 슬퍼했을 것이라고 그는 짐작했었다.

그러나 이제 생각해 보니까 독고예상도 그녀들에 못지않았을 것이다.

도무탄과 그녀는 다른 사람들이 모르는 특별한 일로 연결되어 있어서 그럴 것이다.

"무슨 헛소리야? 치료할 거면 어서 해."

도무탄의 말에 눈물이 솟구친 그녀는 괜히 바락 소리를 질렀다.

"무탄… 거긴……."

그런데 도무탄의 손바닥이 유두를 스치자 독고예상은 움찔 몸을 떨며 더듬거렸다.

도무탄은 쓰다듬기를 멈추지 않으며 유두와 그녀의 얼굴을 번갈아 쳐다보았다.

"몸이 이 지경이 되고서도 뭔가 느껴지는 것이오?"

도무탄의 얼굴에 짓궂은 미소가 서린 것을 보고 독고예상은 발끈했다.

"너 정말… 나 이제 겨우 스물네 살이란 말이다…… . 내가 무슨 석녀(石女)인 줄 아냐?"

"그렇다면 여긴 어떻소"

쑥—

"앗! 너!"

그의 손이 갑자기 그녀의 괴춤으로 재빨리 미끄러져 들어가자 그녀는 뾰족하게 외쳤다.

하지만 도무탄은 괴춤에서 손을 빼며 빙그레 미소 지었다.

"장난이오, 장난. 하하하!"

"이 자식은 꼭 간 떨어지는 장난을…… ."

독고예상은 있는 힘껏 눈을 흘겼다.


일각 후. 도무탄은 독고예상에 대한 치료를 끝냈다.

그는 독고예상 몸의 흉터를 없애고 닭 껍질 같은 피부를 원래의 고운 살결로 환원시키기 위해서 약 일각에 걸쳐서 두 손으로 그녀의 온몸 구석구석을 쓰다듬었다.

물론 그의 체내에 거의 무진장 저장되어 있는 고연후의 공력을 두 손에 주입하여 그것으로 독고예상의 온몸을 쓰다듬어 치료했다.

그렇지만 그녀의 하얘진 백발은 그로서도 어떻게 할 수가 없었다.

그녀는 치료를 하기 위해서 옷을 모두 벗고 나신이 되어 있는 상태였다.

지금 그녀는 백옥처럼 잡티 한 점 없이 희고 뽀얀 그리고 늘씬하면서도 풍만한 예전의 육체를 되찾았다.

치렁치렁한 백발과 싱싱하고 탄력 있는 여체는 묘한 조화를 이루어서 도무탄의 눈을 어지럽혔다.

"이제 됐소."

도무탄은 그녀의 몸 앞쪽을 자세히 살피며 쓰다듬고 또 몸을 뒤집어서 뒤쪽도 자세히 살피고는 그녀의 몸에서 손을 떼며 말했다.

"이제 된 것 같소. 스스로 살펴보시오."

그녀는 그대로 가만히 누운 자세에서 손으로 자신의 배와 가슴을 천천히 쓰다듬어 보았다.

그녀는 주름투성이에 거칠기만 해서 제 손으로 만지기도 싫었던 몸이 지금은 기름을 바른 듯이 너무 매끄러워져서 잠시 정신이 혼곤해졌다.

자신의 몸을 쓰다듬는 독고예상의 두 눈에 눈물이 차오르
더니 곧 귓가로 흘러내렸다.

정신적인 큰 충격을 받고 어느 날인가 갑자기 노화하여 노
파의 피부가 돼버린 그녀의 몸을 도무탄이 예전으로 회복시
켜준 것이 너무도 고마웠다.

이제 그녀는 도무탄 없이는 아무것도 할 수 없는 몸이 돼버
린 것 같았다.

"된 것 같소?"

도무탄이 굽어보면서 묻자 그녀는 눈물을 흘리면서 그를
바라보았다.

"고마워."

"별말을……."

"그런데……."

그녀는 뭔가 망설였다.

"말해보시오."

그녀는 지그시 입술을 깨물더니 이윽고 속 깊은 곳에 담고
있었던 얘기를 꺼냈다.

"나… 임신했었어……."

"임신?"

도무탄은 순간적으로 그 말뜻이 이해되지 않아서 잠시 의
아한 표정을 지었다가 곧 그녀에게 바싹 다가서며 그녀의 배

를 굽어보았다.

"무슨 일이 있었소?"

그때 그녀가 뇌전도수들에게 강간을 당해서 원하지 않는 임신을 했다면 지금쯤 배가 많이 불러야 하는데 그녀의 배는 그저 밋밋하기만 했다. 그렇다면 정상적인 임신이 아니라 무슨 일이 있는 게 분명했다.

"죽은 것 같아……."

제 나이보다 어려 보이는 얼굴로 돌아온 그녀가 뺨에 살짝 홍조를 띠며 들릴 듯 말 듯 작게 속삭였다.

"아기가 말이오?"

"응."

여자들의 임신에 대해서는 아무것도 모르는 그는 조금 당황했다.

"그럼 어떻게 된 거요?"

"아직 안에 있겠지."

그녀는 많이 자신 없는 목소리로 대답했다.

도무탄은 죽은 아기가 뱃속에 있어도 되는 것인지 어떤지 아무것도 몰랐다.

"어떻게 하면 되는 거요?"

그녀는 누운 채 쓸쓸한 얼굴로 고개를 가로저었다.

"나도 몰라……."

아기를 낳아본 적이 없는 독고예상이 그런 일에 대해서 알고 있을 리가 없다.

슥—

"기다리시오."

도무탄은 그녀의 몸에 이불을 덮어주고는 그 말만 남기고 급히 방을 나갔다.


"제수씨."

나직이 부르자 곧 보화가 놀란 얼굴로 문을 열었다. 그녀 뒤에는 남편 궁효가 서 있었다.

"잠깐 나 좀 봅시다."

"무슨 일입니까?"

보화는 두말없이 밖으로 나오는데 궁효가 따라 나오면서 급히 물었다.

"너는 알 것 없다. 들어가 있어라."

도무탄은 손을 저어 궁효를 들여보내고 앞장서 독고예상의 방으로 향하며 보화에게 속삭였다.

"지금부터 보게 되는 것은 비밀이오."

"알겠어요."

슥—

"어서 갑시다."

도무탄은 보화의 손목을 잡고 나는 듯이 복도를 달렸다.


"무탄……."

보화의 손을 잡고 들어선 도무탄을 발견한 독고예상은 깜짝 놀라면서 상체를 일으켰다.

슥—

"누워 있으시오."

상체를 일으키는 바람에 이불이 흘러내려서 상체의 나신이 드러난 그녀의 어깨를 도무탄이 가볍게 눌렀다.

보화는 아까까지만 해도 노파의 얼굴이었던 독고예상이 지금은 기껏해야 이십 세 남짓의 아름다운 얼굴이 된 것을 보고 크게 놀랐다.

그녀의 머리카락은 백발이지만 오히려 그것이 특이한 매력을 더해주었다.

더구나 독고예상의 상체는 그냥 맨입으로 씹어 먹어도 비린내가 나지 않을 것처럼 싱그러웠다.

그뿐 아니라 가녀린 몸매에 비해서 터질 듯이 풍만한 젖가슴은 또 어떤가.

그런데 도무탄이 있는 곳에서 독고예상은 젖가슴을 드러내고서도 아무렇지 않은 듯하고 도무탄 역시 덤덤하게 쳐다보고 있지 않은가.

보화는 도무탄이 독고예상의 방에 있는 이유가 그녀를 치료하려는 의도였다는 사실을 짐작했다.

어떻게 치료했는지는 짐작조차 할 수 없지만, 쭈그렁 할망구 백발 노파였던 그녀를 새파란 소녀로 돌려놓다니 과연 도무탄의 능력은 무소불위라는 생각이 들었다.

도무탄은 아예 다 걷어내고 그녀의 배를 손가락으로 슬쩍 눌렀다.

"제수씨, 이 안에 아기가 있는데 죽은 것 같소."

"아……."

무슨 일인지 궁금하게 여기던 보화는 크게 놀랐으나 곧 어떤 상황인지 대충 짐작했다.

"언제 임신을 했나요?"

도무탄은 독고예상을 굽어보며 대답했다.

"반년 넘었소."

"아기가 죽은 지는……."

"다섯 달쯤 됐어요."

이번에는 독고예상이 대답했다. 도무탄이 보화를 데리고 온 것에 놀라고 화가 났으나 그가 하는 일을 전적으로 믿기 때문에 마음을 다스렸다.

"태아가 죽으면 자궁에서 썩기 때문에 무척 위험해요. 무조건 꺼내야 해요."

보화는 독고예상을 한 번 보고 나서 말을 이었다.

"아직까지 아무 일이 없는 것을 보면 아마 독고 큰 소저께서 몸이 몹시 말랐었던 시기가 오래 지속됐었기 때문에 어쩌면 죽은 태아가 썩지 않고 뱃속에서 목내이(木乃伊:미이라) 상태가 됐을 수도 있어요. 정말 그렇게만 됐다면 다행스러운 일이지만……."

산모인 독고예상조차도 제대로 영양 공급을 못해서 피골상접했었는데 태아는 오죽했겠는가. 그래서 목내이가 됐을 것이라는 보화의 추측이다.

보화는 조심스러운 얼굴로 도무탄을 바라보았다.

"독고 큰 소저의 바지를 벗겨야 하는데……."

그녀는 난감했다. 치료를 하려면 독고예상의 하체의 은밀한 부위까지 드러내야 하는데 도무탄이 지켜보고 있는 곳에서 그게 가능할까 하는 것이다.

그렇지만 치료는 도무탄이 할 테니까 그를 나가라고 할 수도 없는 일이다.

"내가 벗길까?"

그런데 의외로 도무탄은 아무렇지도 않은 듯 손을 뻗었다.

"아니, 제가 할게요."

보화는 급히 독고예상에게 다가섰다.

"실례하겠어요. 바지를 벗길게요."

도무탄이 잠깐 나간 사이에 독고예상이 서둘러서 입었던 바지의 괴춤에 보화가 손을 댔다.

확―

"아!"

보화가 서둘러 바지를 아래로 내리자 독고예상은 깜짝 놀랐다. 하지만 몸이 굳었을 뿐 거부하지는 않았다. 상황이 심각하다는 것을 알기 때문이다.

보화는 도무탄을 한 번 힐끗 보고는 속곳마저도 거침없이 벗겨내고 그녀의 다리를 최대한 활짝 벌리고는 도무탄을 돌아보았다.

"대형, 꺼낼 수 있으시겠어요?"

옥문을 통해서 죽은 태아를 꺼내라는 뜻이다.

"내가 태아를 꺼내야 하오?"

"죽은 아기가 자연적으로 나오지는 않을 거예요. 그러니까 강제로 꺼내야 하는데 대형께서 무공의 힘으로 그런 게 가능할까요?"

보화는 초조한 표정으로 도무탄을 바라보았다. 만약 도무탄의 능력으로 불가능하다면 그야말로 큰일이다.

죽은 아기가 태중에서 썩으면 독고예상의 생명이 위험하기 때문이다.

"음, 해봅시다."

도무탄은 진지한 표정으로 고개를 끄떡이면서 어떤 수법을 사용할지 잠시 생각했다.

그러나 자신의 무한대의 공력을 이용하여 빨아낸다면 가능할 수도 있을 것 같았다.

"무… 무탄, 흡인신공(吸引神功)을 전개할 거야?"

놀랍고 또 두려운 표정의 독고예상이 그에게 팔을 뻗어 허우적거리듯이 물었다.

척!

도무탄은 그녀의 손을 꼭 잡고 미소를 지으며 팔을 부드럽게 쓰다듬었다.

"걱정 마시오, 처형. 내가 누구요?"

그는 독고예상의 손을 놓고 보화에게 지시했다.

"제수씨, 두 다리를 들어 올려서 최대한 넓게 벌리시오."

슥―

보화가 시키는 대로 하고 도무탄이 독고예상의 사타구니로 얼굴을 디밀어 오른손을 활짝 펼쳐서 옥문에 빈틈이 없도록 밀착시켰다.

독고예상은 이러는 것이 벌써 두 번째인데도 부끄러워서 얼굴이 새빨개졌다.

하지만 그보다는 죽은 아기가 얼마 정도의 크기인지는 몰라도 손가락조차도 들어가지 않을 옥문을 통해서 나올 수 있을지 걱정이 태산 같았다.

"시작하겠소."

도무탄은 손바닥을 통해서 음유한 공력을 옥문 안으로 노도처럼 주입시켰다.

"흐으……"

독고예상은 거대하고도 뜨거운 물줄기가 거침없이 질을 통해서 쏟아져 들어오자 자신도 모르게 몸을 세차게 떨면서 신음을 흘렸다.

그것은 마치 시뻘겋게 달군 쇠몽둥이를 집어넣은 것 같은 느낌이라서 모골이 송연해졌다.

도무탄은 주입시켰던 공력으로 자궁에 있는 뭔가를 부드럽게 감싼 다음에 감쌌다.

다음 순간 도무탄이 흡인력을 발휘했다.

"아악!"

독고예상은 눈을 부릅뜨고 처절한 비명을 질렀다. 온몸의 내장이 송두리째 질과 옥문을 통해서 쏟아져 나가는 듯한 느낌이다.

좌악!

그 순간 도무탄이 손을 급히 뒤로 빼자 독고예상의 옥문을 통해서 주먹 크기의 숯덩이처럼 새카만 물체 하나가 핏덩이와 함께 쏟아져 나왔다.

임신을 했다가 몇 달 전에 죽은 태아와 태반(胎盤)이 한데 뒤엉킨 것인데 다행히 썩지 않았다.

독고예상의 몸이 극도로 궁핍한 상태였기 때문에 죽은 태아가 목내이로 변했을 수도 있을 것이라는 보화의 말은 과연 맞았다.

독고예상은 죽은 아기를 꺼낼 때의 극심한 고통 때문에 혼절하고 말았다.

보화는 죽은 아기를 깨끗한 천에 조심스럽게 싸서 품에 안고 밖으로 나가며 도무탄에게 말했다.

"대형, 그녀를 부탁해요."

보화는 아무도 없는 곳에 가서 조촐하게 죽은 아기의 장례를 치러주고 화장을 해주려는 것이다.

독고예상은 한동안 옥문으로 피를 흘려서 도무탄은 깨끗한 천을 계속 갈아주다가 이윽고 피가 멈추자 헝겊을 물에 적셔서 깨끗이 닦아주었다.

그녀가 뇌전팽가에 납치되어 십여 명의 뇌전도수에게 강간을 당하고 원하지 않는 임신을 했다는 것, 그리고 도무탄의 죽음으로 그녀가 크게 상심하여 심신이 곤핍(困乏)하게 되는 바람에 태중의 태아가 죽은 일련의 일을 생각하니 도무탄은 그녀가 몹시 가여웠다.

원인을 생각한다면 그녀가 이렇게 된 것은 도무탄 때문이라고 할 수 있다.

소림사를 비롯한 오대문파의 무림추살대와 영능이 쫓고 있는 사람은 도무탄이다.

그가 아니었으면 무영검가가 영능이 이끄는 무림추살대와 뇌전팽가에게 멸문을 당했을 리가 없으며 독고예상에겐 아무 일도 일어나지 않았을 것이다.

그런 생각을 하게 되니까 문득 도무탄은 어쩌면 자신이 독고예상의 앞날을 책임져야 하는 것이 아닌가 하는 생각마저 들었다.

"음……."

혼절에서 깨어난 독고예상은 도무탄이 자신의 옥문을 정성껏 닦고 있는 것을 깨닫고 뭐라고 말할 수 없는 심정에 사로잡혔다.

부끄러움은 그다지 느끼지 못했다. 이제 그가 그녀에게 어떤 행동을 하든지 무엇을 하든지 부끄러워할 단계는 지났다. 지금 그녀가 그에게 느끼고 있는 것은 가없는 고마움과 감동인 것이다.

"무탄… 세상천지에 나 같은 처형이 어디에 있을까?"

"무슨 소리요?"

도무탄은 그녀의 옥문에 깨끗한 천을 대주고 속곳을 입히고 그 위에 바지를 입히며 물었다.

"아니, 나 같은 처형도 없을뿐더러 무탄 같은 제부는 더욱 없을 거야."

도무탄은 그녀가 무슨 말을 하려는 것인지 깨닫고 빙그레 미소 지었다.

"그런 말 하지 마시오. 나는 원래 장사꾼이니까 손해만 보는 장사를 하지는 않소."

"무슨 소리야?"

"덕분에 아름다운 처형 나신을 실컷 구경하고 또 만졌으니 내가 남는 장사가 아니겠소?"

독고예상은 그의 말에 예전처럼 화를 낼 수가 없었다. 오히려 그가 일부러 그렇게 말해준다는 것을 깨닫고 가슴이 따뜻해졌다.

"언제든지 내 목숨이 필요하면 말해."

도무탄은 부드러운 미소를 지었다.

"말만 들어도 고맙소."

독고예상은 눈물 젖은 눈으로 고집스럽게 말했다.

"아냐. 무탄이 원하기만 하면 무슨 일이든지 할 거야."

"사실 원하는 게 하나 있긴 하오."

"뭔데?"

독고예상은 귀가 솔깃했다.

도무탄은 그녀의 유두를 손가락으로 가볍게 튕겼다.

툭…….

"시집이나 가시오."

"아…….."

"그만 쉬시오."

도무탄은 그녀에게 이불을 덮어주고는 소매를 가볍게 저어 촛불을 끄고 방을 나갔다.

찌르르한 느낌이 유두에서 시작되어 온몸을 훑으면서 번지며 독고예상은 오랫동안 잠이 들지 못했다.


독고지연과 은한이 잠옷으로 갈아입고서 기다리고 있는 방으로 돌아온 도무탄은 옷을 벗고 침상에 누웠다.

두 미녀가 기다렸다는 듯이 그의 양팔에 안겨 늘씬하고도 뜨거운 몸을 밀착해 오자 그는 두 손으로 그녀들의 몸을 쓰다듬으면서 입을 열었다.

"염 숙은 어디 갔느냐?"

도무탄은 연지상계에 온 이후 분광신도 염중기가 보이지 않아서 내내 궁금하게 여기고 있었다.

그는 두 여자의 몸이 굳어지는 것을 느끼며 뭔가 심상치 않은 일이 있었음을 느꼈다.

"탄 랑이 영능에게 죽었다는 소문을 듣고 염 숙은 한 달 정도 이곳에서 탄 랑이 돌아오기를 기다렸어요."

독고지연은 말없이 그의 몸을 부드럽게 쓰다듬었고, 독고
은한이 조용한 목소리로 입을 열었다.

"그런데도 한 달이 지나도록 당신이 돌아오지 않자 염 숙
은 복수를 하겠다는 한마디를 남기고 홀연히 떠났어요."

"복수를?"

"네. 그리고는 아직까지 아무 소식도 없는 거예요."

도무탄은 가슴이 축축해졌다. 염중기라면 그러고도 남을
인물이다. 두 사람은 우연치 않은 계기로 주종관계가 되었지
만 도무탄은 그를 종이라고 여긴 적이 한순간도 없었다.

그가 염중기를 '염 숙'이라고 부르는 것은 '숙(叔)', 아저
씨처럼 여기기 때문이었다.

모르긴 해도 염중기 역시 도무탄을 조카나 아들처럼 여기
지 않았을까.

그때 독고지연이 이불 속으로 스르르 미끄러져 들어갔다.

그녀는 염중기보다는 다른 것에 관심이 있다. 염불보다는
제삿밥에 관심이 더 많은 것이다.

"여보……."

독고은한이 뜨거운 시선으로 얼굴을 가까이 가져오며 그
를 불렀다.

"응?"

"사랑해요……."

그녀는 달콤하고 뜨거운 입김을 토해내며 입술로 그의 입술을 덮었다.

그는 두 아내에게 위아래에서 공격을 받기 시작했다.

*          *          *

중원을 떠난 커다란 상선 다섯 척이 동해를 건너 압록강을 거슬러 올라 이윽고 솔빈마을에 당도했다.

이 마을의 포구는 규모가 너무 작아서 이처럼 큰 상선은 접안을 하지 못하기 때문에 다섯 척의 상선은 포구에서 멀찌감치 떨어진 강 깊은 곳에 닻을 내리고 정박했다.

거선들이 너무 커서 마치 강상에 마을 하나가 새로 생긴 것처럼 보였다.

솔빈마을이 생긴 이래 이처럼 큰 배가 여기까지 거슬러 올라오기는 처음이다.

그래서 솔빈마을의 거의 모든 사람이 포구로 몰려나와서 구경을 하느라 북새통을 이루었다.

압록강은 전체적으로 수심이 깊고 강폭이 넓은 큰 강이라서 대형 선박들이 자유롭게 왕래하는 데 지장이 없다. 하지만 지금까지는 이렇게 큰 배들이 이곳까지 거슬러 올라와야 할 일이 없었다.

솔빈마을 백성들이 포구에 몰려와 있지만 어디까지나 질서정연했다.

함부로 포구에 접근하지도 않고 멀찌감치 떨어져서 구경했으며, 포구는 태왕가의 청년 고수들이 줄지어 늘어서 만약의 사태에 대비했다.


같은 시각 태왕가는 음울한 분위기다.

고옥군은 제사장 고보림을 비롯한 최측근 네 명과 회의를 하고 있는 중이다.

아담한 실내의 단상 위 커다란 호피의에는 고옥군이 꼿꼿한 자세로 앉아 있고, 단하의 좌우에 고보림과 최측근들이 마주 보고 서 있다.

회의가 시작된 이후 지금까지 제사장과 측근들의 말을 묵묵히 듣고만 있던 고옥군이 이윽고 가라앉은 목소리로 입을 열었다.

"어쩔 수 없군요. 내가 개경(開京:개성. 고려의 도읍)에 다녀와야겠어요."

"그건 절대로 안 됩니다."

"그런 말씀은 하시지 마십시오, 고대부인."

그녀의 말이 끝나기 무섭게 고보림과 측근들이 펄쩍 뛰며 두 손을 저으며 강력하게 반대를 했다.

이들의 반응은 마치 고옥군이 사형장에 제 발로 들어가려는 것처럼 강경했다.

고옥군은 착잡한 표정으로 고개를 가로저었다.

"지금으로썬 그 방법뿐이에요."

고보림이 그 자리에 무릎을 꿇더니 고옥군을 우러르며 진정으로 간언(諫言)했다.

"고려 왕실에서 지금까지 태왕가를 고구려의 왕족이라고 대우해 준 이유가 무엇 때문이었는지 고대부인께서도 알고 계시잖습니까?"

고보림이 말하려고 하는 내용에 대해서 누구보다도 잘 알고 있는 고옥군은 붉은 입술을 꼭 다물고 참을성 있게 그의 말을 들었다.

"고려는 자신들이 고구려의 왕통(王統)을 이어받았다고 천하에 떠들어대기 위해서 고구려의 적통으로 이루어진 태왕가가 필요했던 것입니다. 그래서 고려 건국 초창기에는 태왕가를 극진하게 대우해 주었습니다만 백여 년이 흐른 지금은 시대가 변했습니다."

"그렇습니다. 이제는 고려 백성들 기억 속에서 고구려는 아스라이 사라졌습니다. 그러므로 고려 왕실은 더 이상 태왕가를 필요로 하지 않습니다. 오히려 고려 왕실을 넘보는 눈엣가시로 여길지도 모릅니다."

"고대부인. 고려 왕실에서 태왕가에 보내주던 식량과 여타 물자의 양이 매년 줄어들다가 십여 년 전부터는 아예 끊어져 버린 것을 아시잖습니까?"

고보림의 말을 이어서 측근들이 열띤 어조로 말했다.

고옥군은 고보림과 측근들이 아직 말하지 않은 마지막 말이 무엇인지 짐작하고 있다.

고옥군이 식량을 달라고 개경 고려 왕실에 찾아가면 다시는 돌아오지 못할 것이라는 얘기다.

즉, 고려 왕실이 그녀를 죽이거나 감금한다는 뜻이다. 그녀도 그것을 어느 정도는 예견하고 있다.

만약 그녀가 죽는다면 태왕가와 솔빈마을도 그로써 끝장이다. 그녀와 태왕가, 그리고 솔빈마을은 운명을 함께하고 있기 때문이다.

하지만 그것을 잘 알고 있으면서도 그녀로서는 개경에 가지 않을 수가 없다.

지금으로썬 방법이 오로지 그것뿐이다. 솔빈마을의 얼마 되지도 않는 천여 명 백성이 춘궁기를 맞이하여 배를 곯고 있기 때문이다.

만에 하나 고려 왕실이 그녀를 죽이지 않고 자비를 베풀어 준다면 솔빈마을의 백성들을 살릴 수 있다.

그렇지만 그 가능성이 매우 희박하다는 것을 고옥군은 짐작하고 있다.

그뿐만이 아니라 자칫 고려 왕실이 이곳 태왕가와 솔빈마을 전체를 토벌할 수도 있다.

고옥군이 식량을 구걸하러 찾아가는 행동이 자칫 고려 왕실에게 솔빈마을을 토벌할 빌미를 제공하는 것일 수도 있는 것이다.

솔빈마을의 백성들은 전부 태왕가를 따르는 고구려 유민이기 때문에 태왕가가 토벌된다면 솔빈마을 백성들도 같은 운명을 맞이할 수밖에 없다.

토사구팽(兎死狗烹), 토끼를 잡고 난 다음의 개는 필요가 없어졌으므로 삶아서 먹는다.

솔빈마을의 태왕가는 지금껏 고려 왕실의 사냥개 노릇을 해준 셈이었다.

"휴우… 그럼 어쩌면 좋아요?"

측근들에게 물어봐야 해답이 없다는 것을 뻔히 알면서도 고옥군으로서는 그렇게 물을 수밖에 없다. 사실 측근들에게 한 말이 아니라 혼자의 독백 같은 곳이다. 그녀로서도 오죽 답답했으면 그랬겠는가.

이제는 아무런 방법이 없다. 까마득한 절벽이 가로막힌 것처럼 그저 눈앞이 캄캄할 뿐이다.

이 문제는 지금 당장 닥친 것이 아니다. 매년 춘궁기 때마다 겪는 일인데, 작년에는 보기 드문 흉작이어서 소출이 적어 올해 춘궁기는 말이 아니다.

이곳은 고려에서도 가장 북쪽인데다 험한 지역이라서 논 농사는 언감생심 꿈도 꾸지 못하고 산비탈을 개간하여 고양 이 뺨만 한 밭뙈기에서 기장이나 귀리 따위 잡곡을 경작하는 것이 전부이다.

지금까지는 개경 고려 왕실에서 쌀이나 생활에 필요한 물 건들을 대주어서 큰 어려움이 없었다.

사실 그런 물질적인 원조 때문에 이런 척박한 땅에 정착한 것이기도 했다.

그때는 고려 왕실이 언제까지나 태왕가와 고구려 유민들 을 챙겨줄 것이라고 믿었었는데 이제 와서 돌이켜 보니 참으 로 어리석은 생각이었다.

고보림과 측근들이 아무 말도 못하고 쩔쩔매는 모습을 보 면서 이상하게도 고옥군은 중원으로 떠난 도무탄이 문득 생 각났다.

'이럴 때 그분이라도 계셨으면…….'

도무탄이 곁에 있다고 해봐야 아무런 도움이 되지 못할 것 이란 걸 뻔히 알지만, 그래도 그가 곁에 있어주는 것만으로도 큰 힘이 될 것 같았다.

최측근들의 강력한 반대를 받은 그녀는 자신이 직접 개경으로 가려는 생각을 접었다.

목숨을 건 모험을 하지 않으려는 가장 큰 이유는 현재 그녀가 임신을 한 몸이기 때문이다. 태중에서 도무탄이 준 새 생명이 무럭무럭 자라고 있다.

어쩌면 삼백이십여 년 동안 태왕가의 혈족들이 그렇게도 간절하게 원했던 아들을 낳을 수도 있다는 생각 때문에 개경행을 포기한 것이다.

"하아……."

그녀가 수심이 가득한 얼굴로 긴 한숨을 토해내는 데도 아무런 방법이 없는 최측근들은 입을 굳게 다문 채 고개만 숙이고 있을 뿐이다.

왈칵!

"고대부인!"

그때 문이 거칠게 열리면서 태왕가의 청년 고수 한 명이 구르듯이 달려 들어오며 외쳤다.

"이놈! 여기가 어디라고 함부로 뛰어 들어와서 감히 소란인 게냐?"

최측근 중 한 명이 벼락같이 호통을 쳤으나 청년 고수는 아랑곳하지 않고 고옥군에게 허리를 굽히며 흥분한 목소리로 보고했다.

"고대부인! 태왕께서 보내신 수하라는 사람이 지금 포구에

와 있습니다!"

고옥군은 얼마나 놀랐는지 자리에서 벌떡 일어나면서 크게 소리쳤다.

"태왕 전하의 수하라고?"

"그렇습니다! 그들은 어마어마하게 큰 거선 다섯 척을 몰고 왔는데 수하라는 사람이 고대부인을 만나기를 청하고 있습니다!"

"앞장서라."

고옥군은 태왕 즉 도무탄의 수하라는 말에 방금까지의 시름을 다 잊고 치맛자락을 휘날리며 누구보다도 먼저 밖으로 달려나갔다.

# 第七十五章

신천지(新天地)로의 이주(移住)

등롱기

한달음에 포구에 도착한 고옥군은 강상에 무리를 지어서 떠 있는 전각보다 훨씬 더 큰 거대한 거선 다섯 척을 보고 압도당했다.

　포구에서는 한 무리의 중원에서 온 한인이 기다리고 있다가 그중 선두의 한 사람이 고옥군을 향해 다가와서 정중하게 물었다.

　"도무탄 대형의 부인이신 고옥군이십니까?"

　한어이지만 고옥군은 그의 말을 알아들었다. 더구나 '도무탄'이라는 말만 들어도 가슴이 설레는 그녀는 화사하게 미소를 지었다.

"그래요. 제가 그분의 아내 고옥군이에요."

도무탄의 아내라고 말하는 것이 그녀는 얼마나 자랑스러운지 몰랐다.

삼십 대 중반의 나이에 청의 유삼을 입은 청수한 유생의 모습을 한 해룡방 외방주 천유공은 그 자리에 무릎을 꿇고 이마를 바닥에 댔다.

"해룡방 외방주 천유공이 해룡대부인을 뵙습니다."

그러자 천유공과 함께 포구에 모여 있던 이십여 명도 모두 부복하여 큰절을 올렸다.

"해룡대부인을 뵙습니다!"

그들의 우렁찬 외침이 포구는 물론 압록강을 쩌렁하게 떨어 울렸다.

"어서… 일어나세요."

고옥군은 손수 천유공의 팔을 잡고 일으켰다.

"그분께선 무사히 중원에 당도하셨나요?"

그녀는 그것부터 물었다. 그녀의 가장 큰 관심사가 도무탄이기 때문이다.

실제 나이가 오십 살이 넘는 천유공은 빙그레 미소 지으며 공손히 대답했다.

"그렇습니다. 대형께서 대부인께 서찰과 함께 저 배의 물건들을 보내셨습니다."

고옥군 얼굴에 화색이 돌았다.

"그분께서 서찰을 보내셨나요?"

그녀는 배에 실린 물건보다는 도무탄의 손길이 스민 서찰이 더욱 간절했다.

"그렇습니다. 그리고 저 배들은……."

"서찰을 보여주세요."

고옥군이 자신의 말을 자르는데도 천유공은 온화한 미소를 지으며 품속에서 금첩 한 통을 조심스럽게 꺼내 두 손으로 공손히 바쳤다.

크게 흥분한 고옥군은 서둘러 떨리는 손으로 금첩에서 서찰을 꺼내 읽기 시작했다.

지금 이 순간의 그녀는 아무것도 보이지 않고 아무 소리도 들리지 않았다. 오로지 살아서 꿈틀거리는 서찰의 글씨만 두 눈 가득 들어왔다. 마치 서찰에서 도무탄의 체온이 느껴지는 것 같았다.

서찰의 글은 그리 길지 않았다. 도무탄이 중원에 잘 도착했다는 것과 심복 수하 천유공을 보내니 그의 말에 따르면 태왕가와 솔빈마을의 고구려 유민들이 앞으로는 풍족하게 살 수 있을 것이라는 내용이었다.

그리고 고옥군은 서찰의 말미에 적혀 있는 두 줄의 글에서 시선을 떼지 못했다.

―나는 벌써 옥군이 그립다.

사랑한다. 나의 옥군.


"여보……."

고옥군은 그 두 줄의 글을 읽고 또 읽다가 가슴에 꼭 안으면서 뜨거운 눈물을 흘렸다.

그가 너무 그립고 또 그의 사랑이 고스란히 전해져서 가슴이 미어지는 것만 같았다.

'저는 당신이 떠나시던 날 제 곁에서 두 걸음 멀어진 순간부터 그리웠어요.'

"대부인."

천유공이 조용히 불렀으나 서찰의 마지막 내용에 심취해 있는 고옥군은 듣지 못했다.

그녀는 많은 사람이 보고 있다는 사실도 잊은 듯, 그리고 고대부인의 체통마저도 망각한 듯 서찰을 품에 안은 채 하염없이 눈물만 흘렸다.

천유공은 그녀를 더 부르지 않고 잠시 기다리기로 했다. 그러면서 그는 그녀의 빛나는 아름다움에 내심 찬탄을 금하지 못했다.

'이토록 아름다운 분이 세상에 존재하시다니… 더구나 그

런 분이 대형의 부인이 되시다니……. 홍복이로다.'

해룡방 외방주의 신분으로서 천유공만큼 경험이 많은 사람은 드물 것이다.

그런 그로서도 고옥군 같은 미모는 처음 보았다. 그뿐만이 아니라 그와 함께 포구에 상륙한 외상단의 간부급 이십여 명도 고옥군의 절세, 아니, 천상천하유아독전격인 미모에 넋을 잃고 있었다.

더구나 그녀가 도무탄을 그리워하면서 서찰을 품에 안고 눈물을 흘리는 모습을 보며 모두의 가슴속에서 눈물이 흐르는 것 같았다.

그녀가 도무탄을 얼마나 사랑하고 있는지 여실히 느낄 수 있기 때문이다.

"아… 미안해요. 그분의 소식에 너무 흥분해서 제가 잠시 정신을 차리지 못한 것 같군요."

한참 만에 정신을 차린 고옥군은 얼굴을 붉히며 천유공에게 살포시 고개를 숙여 보였다. 그녀는 자신이 흥분했다는 사실을 감추려고도 하지 않았다.

"괜찮습니다. 속하들은 신경 쓰지 마십시오."

천유공은 고옥군이 도무탄이 보낸 서찰을 받고서 저렇게 좋아하며 눈물을 흘리는 것을 보고 흐뭇하기 짝이 없었다.

"대부인께서 명령을 내려주실 것이 있습니다."

"뭔가요?"

천유공의 정중함은 빈틈이 없다. 그는 강상에 정박해 있는 다섯 척의 거선을 가리켰다.

"저 배에 실려 있는 물건들을 어디로 옮기면 되는지 말씀해 주십시오."

고옥군은 무지개를 보듯 아스라한 표정으로 거선들을 바라보았다.

"무슨 물건인가요?"

천유공은 거선을 좌측부터 한 척씩 가리켰다.

"우선 저 배와 저 배 두 척에는 쌀과 몇 종류의 곡식이 실려 있습니다."

고옥군은 전혀 예상하지 않았던 말에 깜짝 놀라 커다란 눈을 더욱 크게 떴다.

"쌀과 곡식이라뇨?"

고옥군의 아름다운 눈이 커져서 더욱 아름다워지는 것을 본 천유공은 앞으로 그녀가 몇 번 더 놀랄 일이 남았다는 사실이 즐거워졌다.

"일단 천 명이 반년 먹을 수 있는 양입니다."

"반년……."

고옥군은 기함을 할 정도로 놀라서 천유공이 원하는 대로 눈이 더 커지고 더 아름다워졌다.

"그리고 저 배에는 말린 쇠고기와 돼지고기, 말린 닭과 오리고기, 역시 말린 각종 물고기들과 버섯, 채소 따위가 실려 있고……."

고옥군을 놀라게 만드는 것이 즐거운 천유공은 네 번째 거선을 가리켰다.

"저 배에는 비단과 무명 각 이만 필, 호피와 웅피, 마피, 돈피 등이 각 천 벌씩 실려 있습니다."

고옥군은 이게 다 꿈만 같았다. 태왕가를 비롯하여 솔빈마을 고구려 유민 천여 명이 굶기 시작한 지 벌써 며칠째라서 걱정이 태산 같았는데 그 큰 우환이 지금 이 자리에서 한순간에 사라지고 있다.

"그리고 마지막 배에는……."

고옥군은 꿈을 꾸고 있는 듯 몽롱한 얼굴로 천유공이 가리키는 마지막 배를 바라보았다.

"저 배에는 대형께서 대부인을 위해서 보내신 선물이 실려 있습니다."

"나를 위해서……."

"그렇습니다. 대부인께서 하명하시면 배의 물건을 전부 하역하겠습니다."

천유공은 고옥군의 말을 듣기 위해서 한동안 기다려야만 했다. 그녀가 망연한 얼굴로 물끄러미 강상의 거선들을 바라보고 있기 때문이다.

고옥군은 조금 전까지만 해도 태왕가에서 최측근들과 식량 걱정을 하고 있었다.

그런데 지금은 포구에 서서 넘쳐나는 식량과 각종 물건의 홍수에 기쁨을 금하지 못했다.

하지만 그녀는 아직까지도 도무탄의 진정한 신분을 전혀 모르고 있다.

그가 삼십육 대 태왕이신 고연후의 제자라는 사실 하나만 알고 있을 뿐이다.

말하자면 그녀는 도무탄이라는 사내 한 명만 보고 그와 혼인을 하고 또 사랑을 하게 되었다.

"그분께선 그대를 뭐라고 부르죠?"

이윽고 고옥군이 조용한 목소리로 천유공에게 물었다.

"기분이 좋으실 때는 유공(遊公), 속하를 꾸짖으실 때는 잡놈이라고 부르십니다."

"호호……."

그의 익살스러운 말에 고옥군은 잠들어 있는 만물을 깨우는 듯한 화사한 웃음을 터뜨렸다.

"나는 그대를 유공이라 부르겠어요."

천유공은 그녀를 보면서 눈이 멀어버릴 것 같은 느낌에 입을 벌쭉하며 대답했다.

"그러십시오."

"유공."

고옥군이 정색을 했다.

"말씀하십시오."

놀라는 모습의 고옥군이 아름답기는 한데 정색을 한 모습이 더 아름다웠다.

하지만 천유공은 그녀가 정색을 하자 갑자기 긴장이 됐다. 도무탄 앞에서도 긴장하지 않는 그다.

"해룡방이 뭔가요?"

고옥군은 이 난데없는 사단의 진상을 캐려는 것이다.

"중원의 상단(商團) 중에 하나입니다."

천유공은 고옥군이 묻는 것만 대답했다.

"그분께선 해룡방하고 어떤 관계인가요?"

"대방주이십니다."

"대방주라는 직함은……."

"해룡방의 주인이라는 뜻입니다. 대방주 아래로는 방주 네 명이 있으며 사방주라고 부릅니다. 속하는 그중 한 명인 외방주입니다."

고옥군은 도무탄이 상단의 최고 우두머리일 줄은 꿈에도 몰랐었기에 놀라움이 이만저만이 아니다. 그녀는 강상의 거선들을 아련한 눈빛으로 바라보았다.

"저 배들로 싣고 온 물건들을 장만하려면 매우 많은 돈이 들었을 텐데…… 그분께서 타격을 받지 않으셨을까요?"

천유공은 그녀가 무슨 걱정을 하는지 깨달았다. 도무탄이 해룡방의 기둥뿌리를 뽑아서 다섯 척 거선의 물건들을 마련하여 고옥군에게 보낸 것이 아닌가 염려하는 것이다. 그런 생각을 하니 천유공은 그녀의 마음씨가 너무 고결해서 가슴이 뭉클했다.

"대부인께선 머리카락이 풍성하시군요."

"갑자기 머리카락은 왜……."

천유공이 난데없이 머리카락 타령을 하자 고옥군은 자신의 머리를 쓰다듬었다.

천유공은 빙그레 미소 지으며 강상의 거선들을 가리켰다.

"대부인의 풍성한 머리카락을 대형께서 갖고 계신 재산이라고 친다면, 저 배들에 실린 물건은 머리카락 다섯 가닥을 뽑은 정도입니다. 머리카락 다섯 개가 뽑혔다고 대머리가 되지는 않습니다."

"아……."

천유공의 비유는 매우 적절했다. 그리고 고옥군은 걱정이 눈 녹듯이 사라졌다.

그렇지만 설마 도무탄이 그토록 부자라는 사실에 놀라움을 금치 못했다.

그는 한 달여 동안 그녀하고 한 몸처럼 붙어 있으면서도 그런 말을 한 적이 한 번도 없었다.


솔빈마을에 때 아닌 경사가 벌어졌다. 고옥군의 명령으로 태왕가의 청년 고수들은 솔빈마을 전체에 한 집도 빠짐없이 쌀과 잡곡, 말린 어육과 채소들을 풍족하게 나누어주었다.

솔빈마을의 수레란 수레는 죄다 동원되어 포구에서 각 집마다 식량과 비단, 무명, 그리고 여러 종류의 짐승 가죽을 연신 실어 날랐다.

솔빈마을 백성들은 새로운 태왕이 중원에서 손꼽히는 엄청난 부자이며 이 모든 것을 보냈다는 말을 듣고 기쁨과 감격의 눈물을 흘렸다.

고옥군은 솔빈마을 사람들에게 한 집도 빠짐없이 넘치고도 남을 만큼 식량과 옷감들을 나누어준 후에 남은 것을 태왕가로 옮기도록 했다.

그것만 보고도 천유공과 해룡방 외상단 사람들은 고옥군의 선한 심성을 알게 되었다.

태왕가에서 쓰고 남는 것을 백성들에게 주는 것이 아니라, 백성들에게 고루 풍족하게 나눠주고 남은 것을 태왕가로 가져가다니 천하에 이런 왕모(王母)가 어디에 있겠는가. 이는 감탄을 넘어선 존경이다.

마지막 거선의 물건들은 하나도 뜯지 않은 상태에서 태왕가로 옮겨졌다.

그리고 천유공을 비롯하여 그가 이끌고 온 외상단 사람 이백여 명은 태왕가로 안내되었다.

천유공은 수하들은 배에서 기거하면 된다고 극구 사양했으며 실제로 거선은 숙박 시설이 매우 잘되어 있어서 아무런 불편함이 없다.

하지만 고옥군은 도무탄의 수하들에게 그런 대접을 할 수 없다면서 고집을 꺾지 않았다.


"이것들은……."

고옥군은 태왕가의 넓은 마당으로 옮겨진 수백 개의 커다란 나무 상자 중에서 제일 먼저 개봉한 상자의 물건을 보고는 놀라서 눈을 동그랗게 떴다.

천유공이 미소를 지으며 설명했다.

"저 수백 개의 상자 중에 절반은 대부인과 복중의 아기씨를 위하여 대형께서 보내신 선물입니다."

"아……."

"대부인께서 드실 귀한 영약들과 영물들이며, 대부인의 거처를 새로 꾸밀 여러 가지 재료, 그리고 임신과 산후에 필요한 물건들, 아기씨께서 태어나시면 필요하게 될 여러 물건입니다."

고옥군은 도무탄의 깊은 사랑과 배려를 느끼고 눈물을 참을 수가 없었다.

"내가 임신한 것을 그분께선 모르실 텐데……."

"힘! 대형의 말씀을 그대로 전해 드리겠습니다."

천유공은 쑥스러운지 주먹을 입에 대고 헛기침을 했다.

고옥군은 기대 어린 표정을 지었다.

"그분께서 뭐라고 말씀하셨나요?"

천유공은 두 손을 척 뒷짐 지고 목소리까지 도무탄의 흉내를 냈다.

"한 달여 동안 그만큼 많이 했으면 그까짓 임신 열 번은 시켰을 것이다."

"어머……."

고옥군은 목덜미까지 붉게 달아올라서 어쩔 줄을 모르고 발을 굴렀다.

그 말을 들으니까 문득 그와 함께했던 한 달여의 생활이 너무도 그리워졌다.

그러면서 도무탄의 깊은 마음 씀씀이가 너무 고마워서 자꾸만 눈물이 흘렀다.

천유공은 고옥군의 격한 감정이 가라앉기를 기다렸다가 나머지 상자들을 가리켰다.

"저것들은 금(金)입니다."

감격이 사라지지 않은 고옥군은 눈물을 닦으면서 의아한 표정을 지었다.

천유공의 '금'이라는 말은 알아들었는데 말뜻을 제대로 알아듣지 못했다.

"뭐라고 말했나요?"

"금입니다."

고옥군은 겨우 '금'이라는 말을 알아들었으나 그것이 왜 필요한지는 깨닫지 못했다.

"금을 왜……."

천유공은 넌지시 아뢰었다.

"대형의 중요한 말씀을 이렇게 밖에 선 채로 전해 드려도 되겠습니까?"

"아… 어서 안으로 드세요."

고옥군은 화드득 정신을 차리고 천유공을 안으로 안내했다.


실내에는 고옥군과 천유공이 탁자에 마주 앉았고, 고보림과 네 명의 최측근은 고옥군의 좌우에 섰다.

천유공이 가져온 엄청난 선물 덕분에 고보림과 최측근들은 정신이 반쯤 나간 상태다.

천유공은 충분한 시간을 두고 고옥군 등이 어느 정도 흥분을 가라앉혔을 때 말문을 열었다.

"대형께서 이렇게 말씀하셨습니다."

긴장한 표정의 고옥군과 다섯 명은 숨도 쉬지 않고 천유공의 다음 말을 기다렸다.

"솔빈마을은 땅이 척박하고 기후가 추우니까 태왕가가 솔빈마을 백성들을 이끌고 이곳을 떠나 다른 곳에 정착했으면 좋겠다, 라고 말입니다."

고옥군은 움찔 가볍게 몸을 떨면서 눈을 커다랗게 떴고, 고보림과 네 명의 측근은 혼비백산했다.

방금 천유공이 한 말, 즉 '태왕가와 고구려 유민들이 정착할 수 있는 다른 곳'을 찾는 일은 사실 태왕가가 수백 년 동안 꿈꾸어왔던 숙원이었기 때문이다.

그것을 이곳에서 불과 한 달여 동안 머물렀던, 그것도 한 달 내내 고옥군하고 단둘이서만 신혼방에서 머물렀던 도무탄이 그런 제안을 했으니 어찌 놀라지 않겠는가.

더구나 고옥군은 그에게 태왕가에 대한 얘기는 거의 하지 않았었다.

좋지 않은 상황에 처해 있는 태왕가의 치부를 드러내서 그에게 부담을 주기 싫었기 때문이다.

그래서 두 사람은 한 달여 동안 오로지 서로를 사랑하는 일에만 열중했었다.

새로운 정착지를 찾는 것만큼이나 중대한, 태왕가의 무엇보다도 큰 목표가 바로 태왕 후손의 잉태이기 때문이었다.

새로운 땅을 찾아서 정착하는 일은 말 그대로 태왕가의 오랜 숙원, 즉 꿈같은 일이었다.

하지만 반드시 이루고야 말겠다는 신념만 품고 있었을 뿐이지, 그것을 이룰 수 있는 기반이나 준비는 아무것도 되어 있지 않았다.

우선 그런 장소를 찾는 일이 가장 큰 난제였다. 수십 명도 아니고 천여 명, 아니, 태왕가의 식솔들까지 합치면 무려 천백여 명이나 되는 큰 무리가 앞으로 마음 편하게 살 수 있는 장소를 물색하는 일은 수년 혹은 수십 년에 걸쳐서 이루어져야 한다.

태왕가에서는 수백 년 전부터 그런 시도를 하기는 했었으나 몇 차례에 불과했었고, 그나마도 근처 몇 백 리 이내, 즉 백두산 기슭만 둘러보는 데 그쳤었다.

우선 고려 내에서는 그럴 만한 장소가 눈을 씻고 찾아봐도 없을뿐더러 국경인 압록강을 넘어 한 발만 내디디면 명나라 영토다.

만약 국경 너머의 명나라 영토에 정착을 하게 된다면 워낙 변방이라서 명나라 군사의 손길이 미치지 않는다고 해도 언젠가는 발각될 것이고, 그러면 꼼짝 못하고 토벌당하고 말 테니 조마조마 숨죽이고 살아야만 한다.

고려 내에서라고 해도 이제는 별로 달라진 것이 없다. 태왕가가 고려 왕실의 눈엣가시 같은 존재가 된 현재로썬 고려 영토 내에서 정착한다는 것은 그야말로 자살행위나 다름이 없는 일이다.

천하는 넓디넓어서 이곳으로부터 먼 곳에는 필경 정착할 만한 좋은 장소가 분명히 있을 것이다.

하지만 태왕가로서는 당면한 문제, 즉 태왕가와 솔빈마을 백성들이 먹고사는 문제가 늘 발등에 떨어진 불처럼 더 급선무였던 탓에 그런 곳을 찾아 나설 여력이 없었다.

또한 여태까지는 부족한 식량 등을 고려 왕실에서 지원을 해주었기 때문에 그것에 의존하면서 안주해 버렸었다. 말하자면 현실에 길들여졌던 것이다.

고옥군과 최측근들이 놀라움을 금하지 못하는 가운데 천유공의 다음 말이 이어졌다.

"이번에 대형께서 중원으로 돌아오시는 길에 몇 곳을 둘러본 결과 여러모로 최적의 장소를 물색해 두신 곳이 있다고 하십니다."

"아……."

고옥군의 입에서 자신도 모르게 탄성이 흘러나왔다.

고옥군과 최측근들이 도저히 따라가지 못할 만큼 도무탄은 저만치 앞서 가고 있다.

　도무탄은 고옥군과 태왕가 사람들에게 신천지(新天地)를 찾는 것이 어떠냐고 제안하는 것에 그치지 않고 신천지까지 찾아냈다고 한다.

　그러니 고옥군과 최측근들은 지금 무엇에 홀린 듯한 기분일 수밖에 없다.

　수백 년에 걸친 숙원이 얼마 전까지만 해도 외부인이었던 도무탄에 의해서 해결되려 하고 있는 것이다.

　"대부인께서 새로운 정착지로 옮기겠다고 결정을 하시면 대형께서 제게 따로 명령한 것이 있으므로 그대로 실행할 계획입니다."

　계속되는 충격적인 말에 정신을 차리지 못하는 고옥군이 의아한 표정으로 물었다.

　"무슨 계획인가요?"

　"대형께서 찾아내신 새로운 땅에 태왕가와 고구려 유민의 정착촌을 만드는 작업입니다."

　"아……."

　고옥군은 낮은 탄성을 터뜨렸다. 이제는 그녀가 아무리 발버둥을 치고 머리를 짜내도 절대로 도무탄의 선견지명을 따라가지 못할 것 같았다.

"그곳이 어딘가요?"

그것은 그녀뿐만 아니라 고보림 등도 몹시 궁금하게 여기고 있는 것이다.

고옥군의 물음에 천유공은 처음부터 손에 쥐고 있던 길쭉한 죽통의 뚜껑을 열었다.

뿍……

죽통에서 둘둘 말린 종이를 꺼내서 두루마리를 탁자에 넓게 펼쳤다.

촤락……

그것은 한 장의 지도였다. 그러나 그런 것을 본 적이 없는 고옥군과 최측근들은 그것이 그저 지도일 것이라고만 생각할 뿐이다.

"여기가 이곳 솔빈마을입니다."

천유공이 손가락으로 지도의 한곳을 가리키자 모두의 시선이 그곳으로 집중됐다.

고옥군 등은 흥분한 나머지 대화가 이렇게까지 진전될 것이라는 사실을 예견하고 지도까지 챙겨온 천유공의 용의주도함에 대해서는 간과했다.

"압록강을 따라서 하류로 내려가다가 동해와 합류하는 곳에서 이쪽으로 갑니다."

고옥군 등은 자신들이 서해(西海) 혹은 황해(黃海)라고 부르는 바다를 중원에서는 동해라 부른다는 사실을 알았다. 그녀는 천유공의 손가락에 시선을 집중했다. 지금은 그의 손가락 끝에 태왕가와 고구려 유민 천여 명의 생사가 달려 있는 것 같은 기분이었다.

천유공의 손가락은 압록강이 바다와 만나는 곳에서 북쪽 해안을 따라 서쪽으로 이어지다가 압록강 하류에서 삼백여 리 되는 곳에서 이윽고 멈췄다.

"바로 이곳입니다. 바다로 길게 뻗은 요동반도(遼東半島)가 시작되는 남쪽 바닷가인데 현재 아무도 살지 않는 곳입니다. 땅이 매우 비옥하고 필리하(畢利河)라는 작은 강이 북쪽 정자산(頂子山)에서 발원하여 백오십여 리를 흐르다가 남쪽의 바다로 흘러듭니다."

정자산이라면 고옥군과 고보림 등도 잘 알고 있다. 그곳은 고구려와 무관한 지역이 아니다.

그곳에는 예전에 고구려가 세운 중요한 요충지인 산성, 즉 정자산성(頂子山城)이 있었다.

아니, 예전 고구려가 건재했을 때에는 그 일대는 물론이고 북으로 이천 여리 서쪽으로 천오백여 리, 동쪽으로 삼천여 리 까지 모두 고구려의 영토였었다.

고옥군은 천유공이 가리킨 곳을 주시하면서 물었다.

"이곳은 명나라 영토인데 문제가 없을까요?"

이제는 먼 옛날의 일이라서 '명나라의 영토'라고 말하면서도 가슴이 아프지 않았다.

천유공은 넉넉한 미소를 지었다. 그의 미소만 보면 걱정이 사라지는 것 같았다.

"해룡방은 여러 나라를 상대로 무역을 하고 있는데 그중에 고려국도 포함됩니다. 그래서 이곳을 전용 포구로 삼으면 좋을 것 같습니다. 즉, 중원에서 오는 모든 물건과 고려국에서 오는 물건들이 이곳에 집합하여 분류되고 각 지역으로 보내지게 됩니다. 그렇기 때문에 매우 큰 포구를 건설해야 합니다. 장차 건설될 이곳 정착지는 중요한 기착지(寄着地) 역할을 하게 될 것입니다."

고옥군은 뭔가 깨달은 듯한 표정이다.

"그렇다면 우리가 해룡방 포구의 배후 마을로서 해룡방 사람들에게 여러 가지 지원을 하게 되겠군요?"

"아닙니다."

그러나 천유공은 고개를 가로저으며 지소 지었다.

"이곳에는 태왕가와 솔빈마을 백성들만 살게 됩니다. 순전히 고구려인 마을인 것입니다."

"아……."

이것 역시 고옥군의 상상을 뛰어넘는 계획이다. 물론 도무탄의 생각일 터이다.

"대형께선 장차 태왕가를 해룡방의 중요한 하나의 축(軸)으로 만들려고 하십니다. 그러면 명나라 관(官)에서도 절대로 건드리지 못할 겁니다. 해룡방은 매월 명나라에 엄청난 세금을 내고 있기 때문에 오히려 무슨 일이 생기면 군사들이 보호를 해줄 것입니다. 고려국에서 손을 댈 수 없는 것은 말하나 마나고요."

고옥군과 최측근들의 표정이 환하게 밝아졌다. 이게 꿈인지 생시인지 모를 일이다.

필경 꿈일 것이다. 현실에서는 절대로 이런 기적 같은 일이 벌어질 리가 없기 때문이다.

고옥군과 최측근들은 똑같은 생각을 하고 있었다. 그래서 그들은 이것이 꿈이 아닌 현실이라는 것을 인식하기 위해서 약간의 시간이 필요했다.

천유공은 충분한 시간을 두고 기다렸다가 조용한 목소리로 설명을 이었다.

"이제 대부인께서 주위 사람들과 상의하셔서 결정을 내려주시면 즉시 공사를 시작하여 늦어도 반년 안에는 이주할 수 있을 것입니다."

"반년……."

고옥군은 진지한 얼굴로 나직하게 중얼거리다가 천유공에게 물었다.

"반년은 너무 길어요. 더 빠른 방법은 없을까요?"

그녀는 도무탄이 물색한 장소로 이주하는 것은 물론이고 하루라도 빨리 이주할 수 있는 방법을 모색했다.

그녀는 진지한 표정으로 말했다.

"사실 이곳 태왕가와 솔빈마을은 고려 왕실의 눈엣가시예요. 오늘 당장 고려군사들이 우리를 토벌하러 온다고 해도 이상한 일이 아닐 거예요."

천유공은 심각하게 고개를 끄떡였다.

"과연 대형의 말씀이 맞군요."

고옥군은 의아한 표정을 지었다.

"그분께서 뭐라고 말씀하셨나요?"

"고려국이 고구려 왕족과 고구려 유민들을 지금껏 가만히 놔두고 있는 것이 이상하다. 그러므로 언젠가는 반드시 토벌할 것이다, 라고 말씀하셨습니다. 그래서 새로운 땅을 찾아서 정착하는 계획을 추진한 것입니다."

"아······."

고옥군과 최측근들은 감탄하지 않을 수가 없다. 도무탄이 그런 것까지 예상했다니 그의 끝없는 능력을 단지 비상한 두뇌의 소유자라고 표현하는 것만으로는 턱없이 부족할 것 같았다.

고옥군은 숨을 쉬는 것처럼 계속 치밀어 오르는 감탄을 삼

키며 천유공에게 부탁했다.

"다행히 지금은 여름이 시작되는 계절이라서 추위에 떨지 않아도 돼요. 더구나 식량마저 풍족해졌으니까 아무 걱정할 게 없어요. 내 생각으로는 지금 당장 우리 모두 그곳으로 이주하여 새로운 마을을 건설하는 데 일조하면서 그곳에서 지내고 싶군요. 그럴 수 있을까요?"

천유공은 시원스럽게 대답했다.

"아무 문제없습니다. 대부인 분부에 따르겠습니다."

그는 일어나서 공손히 허리를 굽혔다.

"그러면 저는 지금 당장 출발 준비를 하겠습니다."

"그래주세요."

천유공이 나간 후 실내에는 잠시 침묵이 흘렀다. 모두의 얼굴에는 기쁨과 희망이 충만하여 가슴이 설레는 표정이 가득했다.

고옥군은 후폭풍처럼 몰아쳐 오는 도무탄에 대한 그리움과 고마움으로 인해서 눈물을 참을 수가 없었다.

고보림 등 최측근들도 천유공 앞에서는 보이지 않았던 눈물을 흘리며 서로 손을 잡고 기쁨을 만끽했다.

잠시 후 고보림이 고옥군을 보며 진심으로 찬탄했다.

"태왕께선 하늘이 내리신 분이 분명합니다."

# 第七十六章

동쪽에서 부는 바람

뇌전팽가는 소림사에 의해서 동무림이라고 분류된 무림의
한 지역을 지배하게 되었다.

뇌전팽가는 예전에 소림사를 추종하는 방, 문파, 즉 맹도군
삼십팔 개를 거느린 하북성의 맹도군주였었다.

그러나 현재는 하북성과 안휘성, 산동성, 강소성 네 개 성(省)
의 백칠십칠 개 맹도군을 거느렸으며 소림사에 의해서 따로 동
군주(東群主)라고 호칭되고 있다.

맹도군이라는 것은 한 지역의 우두머리로서 그 아래에 수
십 개 군소(群小) 방, 문파를 거느리고 있으므로, 실질적으로

뇌전팽가가 사 개 성에서 거느리는 방, 문파의 수는 수천 개에 이른다.

소림사는 그런 식으로 무림을 동서남북으로 나누었으며 각 무림을 지배하는 중간 우두머리를 두었다. 말하자면 동군주, 서군주, 남군주, 북군주가 소림사의 신임을 받아 네 개의 무림을 대리 지배하고 있는 것이다.

*　　　*　　　*

절세불룡 영능은 소림사로 돌아간 이후 석 달여에 걸쳐서 무림을 완전히 재편하였다.

영능이 등룡신권을 죽인 후에 제일 먼저 한 일은 스스로 소림사의 장문인에 오른 것이었다.

그리고 두 번째가 무림을 동서남북으로 나누어 각 군주를 임명한 것이다.

세 번째로 한 일은 지난번 등룡신권 도무탄을 추적하는 무림추살대 소집에 불참하는 것으로 반기를 들었던 네 개 문파, 즉 청성파(靑城派)와 점창파(點蒼派), 곤륜파(崑崙派), 공동파(崆峒派)에 대해서 보복을 결행했다.

그렇다고 네 개 파를 공격하여 멸문시키거나 하는 무력을 사용하지는 않았다.

이들 네 개 파는 모두 도가(道家)인데 영능이 각 파의 장문인을 전격적으로 교체한 것이다.

이 날벼락 같은 사건은 불과 한 달 사이에 벌어졌으며 마무리되었다.

영능은 네 개 파의 장문인 교체를 위해서 수단과 방법을 가리지 않았다.

또한 무림의 이목이나 지탄, 소문 따위를 추호도 두려워하지 않았다.

네 개 파의 장문인이 전격 교체됐다는 소문을 들은 대다수의 무림인은 어떻게 그런 일이 있을 수 있는지 말도 안 되는 일이라면서 놀랐고 또 의아해했다.

제아무리 소림사라고 해도 도가 그것도 구대문파의 한 축을 담당하고 있는 대문파의 수장인 장문인을 한 명도 아니고 네 명씩이나 한꺼번에 갈아치우는 전대미문의 일이 과연 가능한 것인지 두 사람 이상만 모이면 고개를 가로저으며 수군거렸다.

그런데 그 믿어지지 않는 일이 실제로 일어났다. 전대 장문인 네 명이 어떻게 되었는지는 신임 장문인 교체가 일어난 지 다섯 달이 다 돼가는 지금까지도 철저히 비밀에 붙여져 있다.

별별 억측과 뒤숭숭한 소문이 무림 도처에 나돌았으며 불만과 불평이 난무했다.

하지만 무림제일의 힘인 소림사와 소림사의 꼭두각시로 전락한 팔대문파가 합쳐진 세력 앞에서는 어느 누구도 입조차 병긋하지 못했다.

실제로 몇몇 정의로운 문파가 소림사에 강하게 항의했다가 쥐도 새도 모르게 멸문을 당하는 일이 벌어졌다.

그렇지만 소림사는 손끝 하나 까딱하지 않았다. 그런데도 반발을 했던 문파들은 하룻밤 사이에 기르던 개 한 마리 남기지 않고 멸문을 당했다.

또한 멸문지화를 당한 문파에 널려 있는 시체들은 하나같이 끔찍한 모습들이었다. 그것은 절대로 소림사 무승들의 수법에 당한 모습이 아니었다.

그런 일이 있은 이후부터는 어느 누구도 공개적으로 소림사나 영능을 비판하지 않았다.

영능이 네 번째로 행한 일이 가장 큰 반향을 불러 일으켰다. 원래 소림사와 팔대문파 그리고 팔십팔 개 방, 문파, 일명 삼팔명문으로 구성됐었던 예전의 맹(盟)을 새롭게 대대적으로 재탄생시켰다.

기존의 맹도군을 깡그리 백지화시키고 새 맹도군을 다시 선발한 것이다.

소림사의 엄격한 심사에 통과한 무림의 방, 문파는 전 무림을 통틀어서 육백여 개에 달했다.

그들을 동서남북 군주로 하여금 통치하게 하고 영능은 그들을 한 손에 틀어쥐었다.

그렇게 하여 재탄생한 맹의 이름을 절세불련(絕世佛聯)이라 하였다.

도무탄을 죽이고 온 영능에게 뇌전팽가의 가주 팽기둔이 헌상(獻上)했었던 별호 절세불룡을 딴 것이다.

영능은 절세불룡이라는 별호를 매우 마음에 들어 했다. 그는 매사에 거침없으며 불가인으로서는 해서는 안 될 많은 패악을 저질렀으면서도 어느 자리에서나 자신이 불가인이라고 공언했으며 그 사실을 매우 자랑스럽게 생각했다.

영능의 불심(佛心)이 어디에서부터 잘못된 것인지는 모르지만 비뚤어진 불심을 품고 있기 때문이다.

바야흐로 천하는 절세불련의 세상이 되었다. 아무도 절세불련을 거스르지 못했다.

시쳇말로 절세불련을 따르면 살고 반항하면 죽음을 당했다. 바야흐로 공포무림이 시작되었다.

천하오룡의 한 명이던 등룡신권이 죽고 그를 죽인 영능 절세불룡이 그 자리를 메워 천하오룡이 되었다.

절세불룡은 다른 천하사룡을 매우 경계했으나 천하사룡은 천하나 무림이 어떻게 돌아가는지에 대해서는 별 관심이 없는 것 같았다.

*      *      *

작년 가을에 도무탄과 독고기상, 독고용강 세 명이서 동무림의 뜻있는 칠십여 방, 문파를 규합하여 중추절을 기해서 맹을 탄생시키기로 계획했었다.

그러나 도무탄이 영능에게 죽었다는 소문이 거의 확실시되고, 영능에 의한 무림의 재편이 워낙 빠르게 진행되는 터에 중추절 모임은 흐지부지되고 말았다.

더구나 동쪽의 네 개 성을 합친 동무림의 최고 우두머리, 동군주가 된 뇌전팽가에서 동무림에 속한 방, 문파들에 대해서 대대적인 규합과 단속을 강화하기 시작했다.

그래서 소림사의 폭거에 반기를 들었던 진검문을 위시한 칠십여 방, 문파, 그리고 그 아래의 오백여 군소방파는 최대한 몸을 사릴 수밖에 없게 되었다.

소림사와 삼팔명문이 휘젓는 무림을 한번 바로잡아 보자고 의기투합했었던 그들이었다.

하지만 세상이 급변하고 있는데 이런 상황에 처세를 잘못했다가는 낭패를 당하는 것은 기본이고 까딱 잘못했다가는 멸문지화를 당하고 말 터이다. 그러니 몸을 사리지 않을 수가 없는 것이다.

더구나 뇌전팽가가 무슨 낌새를 챘는지 가주 팽기둔이 전면에 나서서 설쳐 대고, 뇌전팽가에 무조건적으로 충성하는 수족들이 미친 개 떼처럼 동무림을 휘젓고 다니며 공포 분위기를 조성했다.

그 난리통에 도무탄이 규합했던 방, 문파들은 중추절에 일제히 떨치고 일어서자는 약속을 지키기는커녕 수장들이 한자리에 모여서 대책이라도 세우자는 무영검가의 가주 독고우현의 제안마저도 거부한 채 납작하게 엎드려서 숨을 죽이고 있었다.

자라 보고 놀란 가슴은 솥뚜껑만 봐도 자지러진다고 했다. 그 오랜 세월 동안 소림사와 삼팔명문에 짓눌려서 살아왔던 방, 문파들은 소림사와 뇌전팽가의 심상치 않은 행보에 지레 겁을 집어먹고 꼼짝도 하려 들지 않았다.

이럴 때는 나서지 말고 무조건 엎드려 있는 것이 상책이라는 사실을 경험으로 잘 알기 때문이다.

더구나 예전에 그들이 봉기를 하겠다고 약속했던 것은 하나같이 등룡신권이라는 찬란한 태양 같은 존재를 굳게 믿었기 때문이다.

하지만 등룡신권이 영능에게 죽음을 당한 마당에 도대체 누굴 믿고 봉기를 한다는 말인가.

해봤자 모조리 죽음을 당할 것이라는 사실은 불을 보듯이 명약관화한 사실이다.

그들이 그러고 있는 사이에 영능은 무림을 완전히 새롭게 재편성했으며, 그렇게 되어서는 더더욱 꼼짝달싹도 못하게 돼버렸다.


도무탄은 덥수룩하게 수염을 기르고 평범한 백의 경장을 입은 모습을 하고 버젓이 진검문을 찾아왔다.

무영검가의 가주 독고우현을 비롯한 무영검가 사람들이 있는 곳을 알고 있는 사람이 진검문주인 진무검 추형단이기 때문이다.

개방 방주의 제자인 군림방개라면 정보에 대해서는 훤하기 때문에 많은 도움이 될 테지만, 개방도 소림사의 철퇴를 피하지 못해서 큰 변화를 겪었다고 한다.

점창파를 비롯한 네 개 문파의 장문인이 영능에 의해서 강제로 바뀐 것처럼, 개방의 방주도 다른 인물로 전격 교체되었고 전 방주 신풍협개는 행방이 묘연하다.

단, 개방의 방주가 교체된 사실에 대해서는 무림에 전혀 소문이 나지 않았다.

사부가 그 지경이 되었는데 제자인 군림방개가 온전할 리가 없을 터이다.

방주의 교체와 개방이 겪게 된 가볍지 않은 풍파의 근저에

는 뇌전팽가주 팽기둔의 입김이 크게 작용을 했다는 후문이
나돌았었다.

일전에 도무탄은 번번이 훼방을 놓는 눈엣가시 같았던 개
방을 징벌하겠다는 생각으로 북경성 개방 총타에 직접 찾아
갔던 적이 있었다.

그런데 그곳에서 뜻하지 않게 일이 잘 풀려서 방주 신풍협
개와 협력 관계를 맺었으며 군림방개와는 급속도로 절친한
친구 사이가 되었었다.

이후 개방과 군림방개는 도무탄이 하는 크고 작은 일에 여
러모로 큰 힘을 보태주었다.

개방이 아니면 할 수 없는 여러 일, 즉 수많은 정보를 전해
주었을 뿐만 아니라 여러 사람과 이어주는 다리 역할도 기꺼
이 해주었다. 개방이 아니었으면 도무탄은 큰 어려움을 겪었
을 것이다.

그때는 그게 그토록 큰 힘이었다는 사실을 알지 못했었는
데 막상 개방을 이용할 수 없는 상황이 되자 매사에 어려움을
겪고 있다.

도무탄이 반년 만에 연지루에 돌아갔을 때 독고지연 세 자
매와 그의 측근들은 귀머거리에 장님, 게다가 벙어리까지 되
어 있었다.

개방을 이용하지 못하고 군림방개가 더 이상 연지루에 찾

아오지 못하게 되었기 때문에 그녀들은 외부와 철저하게 단절되어 있었다.

그렇다고 연지루 밖에 나가는 것은 위험하기 때문에 함부로 돌아다닐 수도 없는 상황이었다.

독고기상과 독고용강은 연지루에 독고지연과 은한 자매가 있으며 그곳이 도무탄과 소통할 수 있는 유일한 창구라는 사실을 알고 있다.

그런데도 그들 형제는 그 동안 한 번도 연지루에 오지 않았으며 사람을 보내지도 않았다는 것이다. 예전의 개방이거나 군림방개가 있었다면 있을 수 없는 일이다.

그래서 도무탄은 독고기상 형제가 여동생들의 안전을 위해서 위험을 무릅쓰고 연지루에 찾아가는 것을 자제했을 것이라고 추측했었다.

"무슨 일이오?"

도무탄이 진검문 전문을 두드리자 전문 안쪽에 있던 호문검수 두 명이 전문을 열고 잔뜩 경계하는 표정으로 그의 위아래를 훑어보았다.

도무탄은 두 호문검수 중 한 명의 얼굴이 낯익다는 생각이 들었으며 곧 그가 누군지 기억해 냈다.

예전에 이곳 평곡현을 지배했었던 제일방파 월인방이 진검문을 멸문시키려고 급습을 했을 때 진검문에서는 삼십여 명의 사망자와 수십 명의 부상자가 발생했었다.

그때 도무탄이 그들 모두를 권혼력을 발휘하여 치료해서 살렸었는데, 지금 눈앞에 있는 두 호문검수 중에서 이십 대 중반의 한 명이 그 당시 도무탄이 가장 먼저 치료했었던 당중이라는 청년이다.

그는 무지막지한 도 공격에 가슴과 배가 길게 갈라져서 장기가 잘리고 내장이 흘러나오는 엄중한 중상을 입은 상태에서 죽어가고 있었다.

도무탄이 아니었으면 그는 그때 죽었을 것이고 이곳에 서 있지도 못했다.

"문주를 만나러 왔소."

낯선 불청객이 도무탄인 줄은 꿈에도 모르고 딱딱한 얼굴로 말하는 청년이 바로 당중이다.

"약속을 했소?"

"하지 않았소."

"그렇다면 돌아가시오."

당중과 또 한 명의 호문검수는 강경했다. 그럴 수밖에 없는 것이, 지금 무림이 돌아가는 상황이 너무도 긴박하고 진검문이 처해 있는 상황이 절박하기 때문이다.

그러니 매사에 신경이 극도로 날카로워질 수밖에 없다. 또한 그들이 보기에 도무탄은 그다지 중요한 용무가 있는 것 같지 않았다.

당중과 호문검수는 일전에 등룡신권 도무탄을 봤었지만 지금은 수염을 덥수룩하게 기르고 예전 같은 패기가 많이 사라져서 평범한 나그네로 보이는 도무탄을 전혀 알아보지 못했다.

도무탄은 빙그레 미소 지으며 두 사람에게 동시에 전음을 보냈다.

[지금 거리 왼쪽 골목 어귀와 거리 오른쪽 모퉁이에서 각각 한 명씩 두 명이 여길 지켜보고 있소.]

두 호문검수가 움찔 놀라면서 거리 양쪽으로 고개를 돌리려고 하는 순간 도무탄이 재빨리, 그러나 자연스럽게 양손을 뻗어 마치 친구처럼 두 사람의 어깨를 잡았다.

[쳐다보지 마시오. 그리고 나를 잘 보시오. 누구와 닮았다는 생각이 들지 않소?]

두 호문검수는 움찔 놀랐다. 도무탄이 찰나지간에 자신들의 어깨를 잡았기 때문이다.

만약 그가 해칠 생각이 있었다면 두 사람은 이미 살아 있는 목숨이 아닐 터이다.

그 사실을 깨달은 그들은 약간 경계심을 풀고 대신 어리둥절한 표정을 지었다.

[나 도무탄이오.]

"……."

도무탄이 불쑥 말하자 두 호문검수는 멀뚱한 표정을 지으며 눈을 끔뻑거렸다.

'도무탄'이라는 이름은 귀에 익기는 한데 순간적으로 그게 누구의 이름인지 머릿속에서 뱅뱅 맴돌아서 고개를 갸웃거렸다.

스슥…….

순간 두 사람의 어깨에 얹혀 있는 도무탄의 두 손이 비파를 타듯이 자연스럽게 움직이며 그들의 마혈과 아혈을 동시에 제압해 버렸다.

그게 얼마나 빠르고 부드러웠는지 그들은 자신들의 혈도가 제압되었다는 사실조차도 인지하지 못하고 그저 멀뚱하게 서 있을 뿐이다.

[나를 잘 보시오. 나는 등룡신권 도무탄이오.]

그러고 나서 도무탄은 정확하게 자신의 신분을 밝혔다. 그들이 크게 놀라 눈에 띄는 반응을 보일까 봐 혈도를 제압했던 것이다.

"……."

순간 두 사람의 얼굴에 극도의 경악이 파도처럼 번졌다. 도무탄은 긴가민가하지만 등룡신권이라는 별호를 어떻게 잊을 수 있겠는가.

특히 당중은 두 눈이 찢어질 것처럼 부릅떠졌다. 하지만 혈도가 제압되어 어떠한 격렬한 반응도 보이지 못하고 몸만 움찔거렸다.

그들은 그제야 자신들의 혈도가 제압되었다는 사실을 깨달았으나 언제 제압되었는지는 알지 못했다.

도무탄이 미리 손을 써두기를 잘했다. 그러지 않았으면 이 둘은 소리를 지르고 난리를 피웠을 것이다.

당중은 그 당시에 죽다가 살아난 이후에 도무탄에게 직접 감사의 인사를 하려고 내내 그의 주위에서 맴돌았었으나 그럴 기회를 얻지 못했었다.

그러나 그랬었기 때문에 다른 사람들보다도 도무탄의 모습을 더욱 생생하게 기억하고 있다.

당중은 도무탄의 얼굴에서 덥수룩한 수염을 제거하고 자세히 보다가 비로소 그를 알아보고는 눈빛이 온순해지면서 굵은 눈물을 주르르 흘렸다.

마음 같아서는 당장 그의 앞에 온몸을 던져 부복하고 싶지만 꼼짝도 할 수가 없어서 답답했다.

도무탄은 소매로 당중의 눈물을 슬쩍 닦아주었다.

[이제 내가 혈도를 풀어줄 테니까 당황하지 말고 마치 옛 동료를 만난 것처럼 대해주시오. 알았소?]

두 사람의 크게 당황한 얼굴이 차츰 평정심을 되찾으며 이윽고 알아들었다는 듯 눈을 껌뻑거렸다.

도무탄은 두 사람의 혈도를 풀어주면서 어깨를 두드리며 일부러 크게 껄껄 웃었다.

"하하하! 이 친구들아, 옛 동료를 몰라보는 겐가? 나 원표(元標)일세."

혈도가 풀린 두 사람은 놀라움이 가시지 않은 표정으로 멀뚱히 그를 바라보다가 갑자기 수선을 피우며 과장스럽게 웃으며 소리쳤다.

"아아… 이제 보니 원 형이었군!"

"오… 랜만이네, 원 형."

우여곡절 끝에 도무탄은 두 명의 호문검수와 함께 전문 안으로 들어가는 데 성공했다.

그는 진검문에 몰래 잠입할 수도 있었으나 벌건 대낮이기 때문에 만약 감시자가 있다면 들킬 염려가 있어서 그러지 않았다.

그의 예상은 맞았다. 진검문은 누군가의 감시를 받고 있었다. 진검문 내에도 그런지는 모르지만 어쨌든 진검문이 상시 누군가의 감시를 받고 있다는 사실은 그다지 좋지 않은 느낌이다.

예전 이곳 평곡현의 패자였던 월인방은 도무탄에 의해서 자진 해체되었는데 도대체 누가 진검문을 감시하고 있는지 모를 일이다. 하지만 곧 알게 될 터이다.

도무탄은 당중의 안내를 받아 마당을 가로질러 걸어가면서 전음을 보냈다.

[당 형, 추 문주에게 곧장 가시오. 그리고 내가 왔다는 사실을 아무에게도 말하지 마시오.]

당중은 하늘같은 도무탄이 자신의 이름을 기억하고 있는데다가 호형(呼兄)까지 하자 몸을 부르르 떨며 감격해서 어쩔 줄 몰랐다.

[아… 알겠습니다.]

[그간 잘 지냈소?]

도무탄은 당중의 팔을 가볍게 잡아서 자신과 나란히 걷도록 했다. 누군가 보고 있다면 옛 동료인 것처럼 보이게 하기 위해서다.

[대협…… .]

당중은 감히 말을 잇지 못했다.

그러나 도무탄이 걸어가면서 공력을 끌어 올려 자연스럽게 주위를 둘러보면서 감청(監聽)을 해본 결과 최소한 진검문 내에는 수상한 움직임이 없는 것 같았다.


"적도부(赤刀府)의 요구를 이런 식으로 계속 거절할 수는 없습니다."

진검문주 추형단의 집무실에서는 심각한 대화가 진행되고

있는 중이다.

"이러다가는 필경 놈들이 무슨 악독한 짓을 저지르고 말 것이에요."

실내에는 추형단을 비롯하여 진검문의 중추라고 할 수 있는 삼검단주(三劍壇主) 등 네 명이 탁자에 둘러앉아 굳은 표정을 짓고 있다.

그런데 삼검단주 중에 두 명은 적도부의 요구를 들어줘야 한다는 쪽으로 말하고 있다.

탕!

"적도부의 요구를 한정 없이 들어줄 수는 없다."

두 명의 검단주, 즉 호검단주(虎劍壇主)와 매검단주(梅劍壇主)의 말을 용검단주(龍劍壇主)가 손바닥으로 탁자를 내려치며 강하게 반박했다.

"맹도군 소속도 아닌 우리가 맹도비를 내야 하는 것도 분통터지는 일인데, 이건 한 달이 멀다 하고 거의 배 수준으로 맹도비를 올리고 있지 않은가?"

삼검단주 중에서 제일 연장자이고 다혈질인 용검단주는 마치 맹도비를 내라는 것이 두 명의 검단주인 양 그들에게 눈을 부라렸다.

그들 두 명이 적도부가 무슨 짓을 하기 전에 이번 달 맹도비를 빨리 내야 한다고 말하고 있었기 때문이다.

"우리가 열심히 일해서 번 돈을 어째서 승냥이 같은 적도부 놈들에게 바쳐야 한다는 말인가?"

진검문은 일전에 도무탄이 약속한 것처럼 해룡방 외상단의 일을 돕고 있다.

또한 해룡방 외상단이 자금을 대서 평곡현과 근처 세 곳의 현에 이십여 개의 각종 점포를 운영하고 있으며 수입을 해룡방과 절반씩 나누고 있다.

절반씩 나눈다고 해도 아무런 자본도 없이 노동력만 대고 있는 진검문으로서는 그저 감지덕지한 일이다.

그 덕분에 진검문은 매월 은자로 삼만 냥이라는 엄청난 수익을 올리고 있다.

그래서 이제는 더 이상 문하검수들로부터 수업료를 받지 않아도 될뿐더러, 오히려 전 검수들에게 매월 일정한 녹봉을 지급할 수 있게 되었다.

검법을 배우러 온 제자들에게 녹봉을 지급하는 곳은 무림을 통틀어서 진검문뿐일 것이다.

그러고서도 매월 은자 만 냥 이상씩 꼬박꼬박 모으고 있으니 그야말로 살판이 났다.

얼마 전까지만 해도 매일 쪼들려 죽을 지경이었는데 이제는 은자를 모으기까지 하게 된 것이다.

등룡신권의 죽음과 그로 인해서 진검문을 비롯한 칠십여

방, 문파가 동무림만의 맹을 결성하려는 시도가 좌절되었을 때 진검문은 크게 낙담을 했었다.

도무탄이 죽었기 때문에 당연히 그가 약속했던 먹고사는 문제도 수포로 돌아갈 것이라고 생각했었다.

하지만 그게 아니었다. 도무탄의 명령이라면서 해룡방 내, 외상단 사람들이 찾아와서 칼같이 약속을 실행했다.

그때 진검문 사람들은 큰 감동을 받았다. 방주가 죽었는데도 그 수하들이 죽기 전 방주가 내린 명령을 수행한다는 것은 절대로 쉬운 일이 아니기 때문이다.

그렇게 해서 해룡방이 먹고살 길을 만들어준 이후부터 진검문 사람들은 그나마 숨통이 트였다.

그런 고정 수입이 생기지 않았더라면 진검문은 지금쯤 자금난 때문에 스스로 봉문(封門)을 했거나 아니면 극도로 궁핍한 생활을 근근이 영위하고 있었을 것이다. 상상하는 것만으로도 끔찍한 일이다.

그런데 난데없이 넉 달 전에 적도부라는 방파가 평곡현의 맹도군으로 임명되면서부터 일이 꼬이기 시작했다.

뇌전팽가로부터 평곡현을 지배하는 맹도군으로 임명된 적도부는 명백한 사도방파(邪道幇派)다.

사마외도(邪魔外道)를 가리지 않고 맹도군으로 임명하는 것이 절세불련의 방침인지, 아니면 뇌전팽가 개인의 재량인지는 모르지만, 어쨌든 이쪽 동무림에서는 꽤 많은 사파와 마도의 방파가 맹도군이 되어 한 지역을 지배하고 있는 어이없는 실정이다.

"말이 은자 사천 냥이지, 그게 얼마나 큰 액수인지 문주께서도 아시잖습니까?"

용검단주의 뾰족한 화살이 이번에는 추형단에게 향했다. 어쨌든 추형단이 결정권자이기 때문이다.

"첫 달에 무턱대고 은자 천 냥을 맹도비로 내놓으라고 할 때에도 속이 뒤집어지는 것을 간신히 참으면서 냈었는데, 매달 천 냥씩 두 배로 올려 이번 달에는 사천 냥을 내라니, 나는 죽으면 죽었지 절대로 그렇게 못합니다. 만약 문주께서 적도부에 굴복하여 사천 냥을 준다면 나는 진검문을 떠나겠습니다."

"강 형……."

용검단주 강정(姜頂)은 추형단의 얘기를 들으려 하지도 않고 언성을 높였다.

"문주! 이번 달부터는 맹도비인지 나발인지 일절 주지 맙시다! 우리가 오냐오냐하면서 매번 약한 모습을 보이니까 약아빠진 적도부 놈들이 매월 천 냥씩이나 맹도비를 올리는 것이오! 생각해 보시오, 우린 빌어먹을 맹도군 휘하도 아닌데 맹도비를 내야 할 의무가 어디에 있소?"

"하아……. 그럼 어쩌자는 것이오?"

추형단이 길게 한숨을 내쉬며 묻자 이제껏 흥분해서 소리치던 강정도 이때만큼은 대답을 하지 못하다가 잠시 후에 신음하듯 중얼거렸다.

"끙! 그냥 버텨봅시다. 뭔가 방법이 나오겠지요."

무책임한 말이다.

홍일점인 매검단주가 씁쓸한 표정으로 말했다.

"적도부가 실력 행사로 나오면요?"

적도부가 두려운 것이 아니라 사실은 그 뒤에 버티고 있는 뇌전팽가가 문제다.

아니, 진검문 정도 처리하는 데 뇌전팽가가 직접 나서지 않아도 될 터이다.

평곡현 적도부 휘하에 있는 군소방파들을 동원하면 진검문쯤은 반나절도 못 버틴다.

예전에 진검문과 뜻을 같이하기로 했던 방, 문파들이 연합을 한다면 까짓 거 어떻게 해보겠지만 지금 그들은 소 건너는 웅덩이의 파리 떼처럼 뿔뿔이 다 흩어졌다.

그러나 그들도 먹고살 길을 찾아야 하니까 그들을 나무랄 수만은 없는 일이다.

"강 가(姜哥)는 지금껏 평곡현에서 적도부에게 맹도비를 바치지 못해서 당한 방파가 몇이나 되는 줄 아세요?"

이십 대 후반에 호리호리한 체구이며 예쁘장하지만 날카

롭게 생긴 매검단주는 평소 가가로 대하는 강정에게 따지듯
이 물었다.

"여섯."

"여덟이에요."

매검단주 송행(宋杏)이 정정해 주었다.

"그중에는 맹도비가 너무 벅차서 내지 못한 방파도 있고
우리처럼 버티다가 당한 방파도 있어요. 그런데도 강 가는 끝
까지 버텨보자는 건가요? 그렇다면 강 가에게 뭔가 대단한 대
책이라도 있는 모양인데 과연 무슨 기발한 대책인지 한 번 들
어나 봐요."

강정은 대꾸를 하지 못하고 우물쭈물했다. 그는 그런 제 모
습이 답답한 듯 잠시 머뭇거리다가 울화통이 터지는지 주먹
으로 제 가슴을 쿵쿵 쳤다.

"빌어먹을! 이런 식으로 나가면 다음 달에는 은자 오천 냥
을 내라고 할 게 뻔해!"

그렇다면 몇 달 후에는 맹도비가 만 냥이 될 터이고, 그 후
에는 아무리 진검문이 괜찮은 수익을 올리고 있다고 해도 기
둥뿌리가 흔들릴 것이다.

그러면 아무리 해룡방이 도와준다고 해도 진검문으로서는
더 이상 버티지 못할 터이다.

척!

"나도 맹도비를 내지 않는 쪽에 찬성하고 싶소."

그때 갑자기 문이 열리면서 한 사람이 불쑥 들어서며 굵직하게 말했다.

추형단과 삼검단주는 웬 텁석부리 낯선 사내가 실내로 들어서면서 말하자 일제히 자리를 박차고 일어서며 공격할 태세를 갖추며 외쳤다.

"웬 놈이냐?"

"어느 놈이 감히!"

도무탄 뒤에 따라 들어온 당중이 급히 두 팔을 저으면서 나직하게 외쳤다.

"문주! 멈추십시오! 이분을 모르시겠습니까? 등룡신권 도대협이십니다!"

추형단 등 네 명은 어깨의 검을 뽑으려다가 움찔 놀랐다.

그제야 비로소 도무탄이 모두에게 포권을 하며 담담하게 미소 지었다.

"모두들 잘 있었소? 나 도무탄이오."

추형단과 삼검단주는 처음에 전문 밖에서 당중이 그랬던 것처럼 눈을 껌뻑거리면서 도무탄을 쳐다보며 그의 얼굴에서 덥수룩한 수염을 제거하고 자신들이 알고 있는 도무탄의 모습을 떠올렸다.

"아앗! 도 대협!"

제일 먼저 추형단이 비명처럼 외치며 도무탄에게 달려들어 덥석 그의 손을 잡았다.

이들 네 사람 중에서 추형단만큼 도무탄을 잘 알고 있는 사람은 없을 것이다.

"으흐흑! 도 대협! 살아 계셨구려!"

그래서 그를 알아보는 것도 추형단이 앞섰다. 그는 울음을 터뜨리며 도무탄을 얼싸안았다. 이어서 삼검단주들이 분분이 그 뒤를 이어 비명과 탄성을 터뜨렸다.

"맙소사… 정말 도 대협이라니……"

"꺄악! 정말 도 대협이에요……"

너무 반가운 나머지 삼검단주들은 자신들과 도무탄이 예전에 그다지 친하지 않았던 사이라는 사실조차 잊은 채 우르르 달려들어 그의 손을 잡거나 덥석 안기는 것도 서슴지 않았다.


"도 대협께서 그렇게 말씀하신다면 적도부에 맹도비를 내지 않는 것으로 결정하겠소."

강정이 그렇게 으름장을 놔도 꿈쩍하지 않았던 추형단이지만 도무탄 앞에서는 달랐다.

그만한 능력을 갖춘 사람의 말과 그렇지 못한 사람의 말이 이렇게 다른 것이다.

"그전에 궁금한 것이 있소."

도무탄의 말에 추형단은 무슨 말인지 알았다는 듯 엷은 미소를 지었다.

"무영검가 사람들은 안전한 곳에 계시오."

그가 말하면서 고개를 끄떡이자 매검단주 송행이 말을 이어서 설명했다.

"그분들은 평곡 포구에 계세요. 해룡방 외상단이 운영하는 지단(支團)이며 한 가지를 제외하곤 매우 안전하고 또 편안하게 계십니다."

그 한 가지가 '자유'라는 것을 모르는 사람은 없다. 현재 무영검가 사람들은 안전하기는 하지만 날개가 꺾인 독수리 신세인 것이다.

다섯 사람은 탁자에 둘러앉아 있는데 도무탄 맞은편에 앉은 송행은 등룡신권을 이처럼 가까이에서 마주 보고 또 그에게 말하고 있다는 사실 때문에 얼굴이 상기되고 가슴이 두근거려서 색색거리는 숨소리를 내며 말했다.

평곡현에 흐르는 소운하(蘇運河)라는 강은 남쪽으로 흐르다가 하북성 최대의 강인 대청하(大淸河)와 합류하여 바다로 유입된다.

해룡방은 평곡현 소운하 포구에 세운 해룡방 지단을 하북성 북부지역을 총괄하는 거점으로 키우고 있는 중이다.

예전에 평곡포구는 작고 초라했었지만 지금은 해룡방 평곡지단 덕분에 거대 포구로 변모했다.

평곡포구에는 예전에는 없던 건물 수십 채가 포구를 따라 줄지어 늘어서 있다.

그중에 중앙을 차지하고 늘어서 있는 이십여 채의 거대한 건물은 건물 하나가 장원 한 채보다 훨씬 더 크기 때문에 이들 건물 이십여 채는 장원 삼, 사십여 채 이상의 규모를 능가한다.

그것들이 전부 해룡방 평곡지단이다. 하지만 이곳에서는 무진운행(無盡運行)이라는 이름을 사용하고 있다.

해룡방주가 도무탄이라는 사실을 천하가 다 알고 있기 때문에 외방주 천유공은 해룡방이라는 이름을 철저하게 감추고 있다.

무진운행이라는 이름은 도무탄의 별호인 '무진장'에서 따온 것으로 천유공이 낙양에 세운 상단의 이름이다. 사람들이 조사를 하더라도 낙양의 무진운행이 평곡현에 진출한 것이라고 생각할 터이다.

포구에 무진운행이 들어선 덕분에 평곡현 전체가 예전에 비해서 훨씬 윤택해졌다.

평곡현에 살고 있는 사람치고 한 집에 한 명쯤은 무진운행의 일을 하고 있다고 해도 과언이 아니다.

그러니 무진운행이 평곡현 전체를 먹여 살리고 있는 셈이라서 아무도 무진운행을 건드리지 못한다.

평곡현 사방 칠십여 리 이내의 지배자 적도부라고 해도 무진운행에게 찍소리 못하는 것은 예외가 아니다.

만약 무진운행을 집적거렸다가는 적도부라고 해도 박살이 나고 말 것이다.

일단 무진운행은 관(官)을 끼고 있다. 해룡방은 새로운 지역에서 사업을 하기 전에 반드시 관을 매수하는 것을 시작으로 한다.

해룡방의 전형적인 수법이다. 해룡방이 매수한 관리 중에서 평곡 현감 따윈 관리 축에도 끼지 못한다.

북경성의 쩌렁한 고관대작들, 심지어 황궁의 황척(皇戚)하고도 수두룩하게 끈끈한 관계를 맺고 있는 터에 적도부가 아니라 뇌전팽가라고 해도 무진운행을 자칫 잘못 건드렸다가는 본전은 고사하고 패가망신을 면하지 못한다. 자고로 관을 건드렸다가 무사했던 예는 그 누구도 없었다.

그래도 무진운행은 시끄럽게 짖어대지 말라는 뜻으로 매월 은자 십만 냥씩 꼬박꼬박 적도부에게 상납하고 있다. 말이 좋아서 상납이지 사실은 적선이나 매한가지다. 개에게 뼈다귀를 던져 주는 것이다.

무진운행이 한 푼 주지 않아도 찍소리 못하는 판국에 알아서 매월 은자로 십만 냥씩 갖다 바치니까 적도부로서는 그저 황공할 뿐이다.


술시(戌時:밤 8시경) 무렵의 평곡포구는 낮하고는 다른 번화함으로 북적이고 있다.

평곡포구에서 상주하고 있는 사람은 무려 오천여 명으로 평곡현 전체 인구의 삼 할에 달한다. 그리고 하루 동안 수백 척의 배로 포구를 거쳐서 들고 나는 유동 인구는 무려 십만여 명에 이른다.

사람이 모여드는 곳에는 각종 장사가 번창하게 마련이다. 그중에서도 먹고 마시는 장사가 으뜸이다.

더구나 포구의 뱃사람들 일이란 것이 몸을 쓰는 고단한 일이다. 또한 무진운행이 거래하는 장사치들은 돈을 물 쓰듯이 하고 있어서 포구의 점포들은 대도 못잖은 번성을 구가하고 있다.

그렇게 하루 일과를 마친 사람들이 돈주머니를 흔들면서 찾아드는 곳이 거의 주루나 기루다.

매검단주 송행의 안내를 받아 평곡포구에 들어선 도무탄은 이곳이 북경성의 번화가 중에 한 군데를 그대로 옮겨다 놓은 것이 아닌가 하는 착각이 들었다. 그 정도로 번화하고 또 복잡했다.

"여깁니다."

평범한 여염집 처자에다 검도 메지 않은 모습으로 변장을 한 송행이 이윽고 걸음을 멈춘 곳은 제법 규모가 큰 주루 입구였다.

차륵—

"들어오십시오."

송행이 안으로 들어서자 점소이가 그녀를 알아보고 이 층으로 안내했다.

주루 안은 일, 이 층 모두 바늘 하나 꽂을 자리가 없을 정도로 손님들로 북적거렸다.

"여긴 본 문에서 운영하고 있는 주루 중에 한 군데예요."

"그렇군."

송행은 추형단의 명령으로 자신이 도무탄을 안내하게 된 것을 무척이나 영광으로 생각하고 있어서 언행에 실수가 없도록 각별히 주의를 기울이고 있다.

그녀는 천하오룡 중에 한 명이며 무림에서 가장 유명한 인물인 도무탄하고 자신이 팔이나 옷깃이 스치면서 걷고 있다는 사실을 믿을 수 없다는 듯 자주 그의 얼굴을 훔쳐보면서 얼굴을 붉히곤 했다.

그에게 느끼는 감정은 한낱 이성적인 것이 아니라 한없는 존경의 마음이다.

해룡단 내상단의 자금으로 평곡포구에 다섯 개의 주루와

기루를 냈으며 그것들을 진검문에서 운영하고 있다.

점소이가 안내한 곳은 이 층 막다른 곳의 방이다. 주루에 아무리 손님이 넘쳐도 이 방만은 항상 비워둔다.

진검문 사람만이 전용으로 사용하기 때문이다. 술을 마시면서 흥청망청하려는 것이 아니라 무영검가 사람들을 만나기 위함이다.

문이 닫히자 송행은 이곳에 자주 왔었던 듯 익숙하게 한쪽 구석진 곳으로 다가가서 벽 앞에 세워진 장식장을 옆으로 밀었다.

그극…….

장식장 뒤에는 하나의 문이 있으며 그 문을 열자 아래로 뻗은 계단이 나타났다.

송행은 도무탄을 들어오게 한 후에 장식장을 원래대로 제자리에 밀어놓았다.

계단은 주루 뒤쪽의 안채와 연결되어 잠시 후에 두 사람은 안채의 어느 방에서 걸어 나왔다.

사박사박…….

송행은 어둠이 내려앉은 아담한 마당을 가로질러 어느 장원의 뒷문으로 다가갔다.

# 第七十七章

태풍의 눈

둥룡기

송행이 도무탄을 최종적으로 안내한 곳은 무진운행의 이십여 채 건물 중 하나다.

포구 쪽으로 거대한 한 채의 건물이 있고 그 뒤 담 안쪽 너른 마당 여기저기에는 십여 채의 전각이 질서 있게 늘어서 있다.

전각들은 대부분 창고나 일꾼들의 숙소 같았으며 송행은 그중에서 그다지 특별하게 보이지 않는 평범한 숙소 같은 곳으로 들어갔다.

"무슨 일이오?"

숙소 안에 발을 들여놓자마자 제일 먼저 마주친 허드레 일꾼 차림의 사내가 송행의 앞을 가로막으며 당당한 모습으로 물었다.

허드레 일꾼 복장을 했을 뿐이지 사내의 기개는 일류고수 쯤 쪄 먹고도 남을 수준이다.

"나는 진검문의 매검단주예요."

"알고 있소."

사내는 무뚝뚝하게 말했지만 도무탄은 예전에 무영검가에서 그의 얼굴을 두어 차례 본 적이 있다.

그저 잠깐 동안 슬쩍 스쳐 지나치면서 본 얼굴이라고 해도 결코 잊지 않는 도무탄이 그 사내가 무영검수라는 사실을 잊었을 리가 없다.

심지어 이름까지도 알고 있다. 하지만 그는 묵묵히 송행의 뒤에 서서 기다렸다.

"가주를 만나러 왔어요."

"무엇 때문이오?"

"가주를 직접 만나서 말씀드릴 일이에요."

"내게 먼저 말하시오."

무영검수는 완강했고 또 고압적이었다.

도무탄은 무영검수의 행동에서 진검문을 업신여기거나 하찮게 대하는 느낌을 받았다.

무영검수는 일개 검수이고 송행은 검단주라는 지위에 있는데도 말이다.

무영검수는 비록 무영검가가 멸문지화를 당해서 이런 신세가 됐다고는 해도 결코 자존심과 명예가 꺾이지 않은 것 같았다.

그렇지만 그것은 잘못되었다. 기개가 꺾이지 않은 것은 좋은 일이지만, 대문파나 소문파, 그리고 지위고하를 막론하고 사람은 사람을 존중하고 예의로써 대해야 마땅하다. 더구나 무영검가와 진검문은 한 배를 탄 동료니까 더욱 존중해야만 한다.

그런 점에서 지금 이 무영검수는 가장 기초적이고 근본적인 인격적 수양이 덜 됐다.

그가 송행을 무시하는 행동은 무영검가가 멸문된 것하고는 아무런 상관이 없는 일이다.

지금은 무영검가든 진검문이든 서로 협력해야 하는 상황인데 누가 누굴 무시하고 업신여긴다는 것은 매우 좋지 않은 일이다.

무영검수의 강압적인 반응에 송행은 난감한 듯한 표정으로 도무탄을 슬쩍 돌아보았다.

그러나 도무탄이 표정의 변화 없이 의연하게 묵묵히 서 있는 것을 보고 송행은 밀고 나가기로 마음먹었다.

"말할 수 없어요."

"그렇다면 가주를 만날 수 없소. 돌아가시오."

도무탄은 또 다른 사실을 감지했다. 송행은 평소에 무영검가 사람들에게 이런 대접을 여러 번 겪었었고 또 그것을 매우 고깝게 여기고 있었던 것 같았다.

그래서 그녀는 지금 자신이 평소에 이런 식으로 무영검수들에게 무시를 당했다는 사실을 있는 그대로 도무탄에게 보여주고 있는 것이다.

참 영리한 여자다. 그녀는 도무탄 앞에서 이 해묵은 문제를 해결하고 싶은 것 같았다.

그녀가 해결하는 것이 아니라 도무탄의 손을 빌려서 해결하려는 것이다.

송행은 짐짓 난감한 표정을 지으면서 뒤돌아보며 도무탄의 의견을 물었다.

"어쩌죠? 힘들게 여기까지 오셨는데 돌아가야만 하다니…… 어쩌시겠어요?"

그녀는 도무탄이 절대로 돌아가지 않을 것이라는 사실을 잘 알고 있다.

그러므로 이렇게 묻는 데에는 다른 의도가 있는 것이다. 무영검수들의 오만함을 그가 손을 좀 봐달라는 것이다.

그녀의 뜻을 알아챈 도무탄은 요즘 버릇이 된 듯 손으로 짧은 수염을 쓰다듬으며 무영검수에게 빙그레 미소를 지으며 담담히 말했다.

"장인어른을 만날 수 없다면 어쩔 수 없이 처남들이라도 만나고 가야겠소. 그들도 이곳에 있소?"

무영검수의 안색이 흠칫 변했다.

지켜보고 있던 송행은 공손히 도무탄을 가리키면서 무영검수에게 지금까지의 저자세를 견지하며 물었다.

"혹시 이곳에 독고기상, 독고용강 두 분 소협이 계신가요? 이분께서 처남들을 만나고 싶어 하시는군요. 문주를 만날 수 없다면 그분들이라도 만나게 해주세요."

무영검수는 갑자기 일이 이상하게 돌아가는 것을 느끼고 표정이 변했다.

도무탄이 장인어른을 만나러 왔다고 하더니 이제는 처남들을 들먹거리고 있다.

그런데 뒤를 이어서 송행이 독고기상과 독고용강의 행방을 묻고 있는 것이 아닌가.

무영검수는 절대로 바보가 아니다. 세상천지에 독고기상과 독고용강을 처남이라고 부를 수 있는 사람은 오로지 한 명뿐이다.

그는 덥석부리 도무탄을 유심히 살펴보다가 소스라치게 놀라서 뒤로 서너 걸음이나 물러섰다.

"으헛! 도… 도 대협!"

그는 도무탄의 얼굴에서 무영검가의 모든 사람이 애타게 기다리고 있는 남자의 모습을 발견했다.

등룡신권 도무탄이 무영검가에 어떤 존재인지 모르는 무영검수는 한 명도 없다.

무영검수는 도무탄의 얼굴을 자세히 들여다보다가 혼비백산한 얼굴로 겨우 입술을 떼었다.

"정… 말… 도 대협이십니까?"

도무탄은 수염을 손으로 가려주었다. 그러자 그의 본모습이 드러났다.

"이러면 알아보겠소?"

"아아……."

무영검수는 몸을 부르르 세차게 떨면서 주춤거리며 앞으로 다가왔다.

"정말 도 대협이시군요… 살아서 돌아오셨군요……."

기쁨과 감격으로 몸을 떠는 그는 그 자리에 납작하게 부복하여 흐느껴 울었다.

"속하 도 대협을 뵈옵니다… 크흐흑……."

도무탄은 독고지연과 독고은한의 남편, 즉 가주의 사위이므로 무영검수들의 상전이다.

"일어나시오."

도무탄은 손수 무영검수를 일으켰다.

도무탄은 눈물 콧물을 흘리느라 얼굴이 말이 아닌 무영검수에게 넌지시 물었다.

"능평(凌平) 형, 부디 장인어른과 장모님을 만날 수 있도록 해주시오."

"아아… 도 대협……."

도무탄이 부축을 해서 겨우 일어선 무영검수 능평은 두 다리에 힘이 빠져서 비틀거렸다.

만약 도무탄이 붙잡지 않았으면 아마 고스란히 앞으로 고꾸라졌을 것이다.

등룡신권이 일개 무영검수인 자신의 이름을 기억하고 있다는 사실에 능평은 마치 번개를 정수리에 맞은 것처럼 충격적이다.

그런 데다 아까 능평이 송행에게 고압적인 행동을 한 것을 우회적으로 점잖게 꾸짖고 있으니 입이 백 개라도 뭐라고 할 말이 없다.

"잘못했습니다, 도 대협… 용서하십시오……."

그는 몸 둘 바를 모르면서 굽실거렸다.

그때 소란스러움 때문에 여기저기에서 일꾼 복장의 사내가 한두 명씩 나오더니 곧 수십 명이 되었다. 그들은 모두 무영검수이다.

죄스러워서 더 이상 서 있을 수가 없는 능평이 동료들을 돌아보며 흐느끼면서 말했다.

"크흐흑! 형제들… 여길 보게, 등룡신권 도 대협께서 돌아오셨네……."

무영검수들은 놀라서 제각기 외마디 비명 같은 소리를 내면서 우르르 도무탄 주위로 몰려들었다.

그들은 그동안의 고생이 극심했던 만큼 죽은 줄 알았던 도무탄을 반년 만에 다시 보면서 감격하여 눈물을 쏟지 않는 사람이 없었다.

그들은 모두 흐느껴 울면서 도무탄을 향해서 앞다투어 그 자리에 부복했다.

도무탄은 그 광경을 보면서 마음 한구석이 찡했으나 짚고 넘어가야 할 일을 잊지 않았다.

"모두 일어나시오."

그는 무영검수들이 모두 일어서기를 기다렸다가 옆에 약간 떨어져 서 있는 송행에게 팔을 뻗어 어깨를 안듯이 부드럽게 잡아끌었다.

슥—

"아……."

뜻하지 않게 도무탄에게 안기게 된 송행은 화들짝 놀라 정신이 송두리째 달아났지만 도무탄은 그녀의 어깨를 안고 무영검수들에게 말했다.

"여기 이 사람은 진검문의 매검단주 송행이오. 그런데 이곳에 올 때마다 업신여김을 당한 모양이오."

"도 대협……."

송행은 깜짝 놀라서 무슨 말을 하려는데 도무탄이 그녀의 어깨를 잡은 팔에 슬쩍 힘을 주는 바람에 다음 말을 잇지 못했다.

"이 사람뿐만 아니라 진검문 사람 모두가 무영검가에 수모를 당한 경험이 있는 것 같소."

유구무언. 찔리는 것이 있는 무영검수들은 아무 말도 하지 못하고 고개를 푹 숙이고 있었다.

그들 중에 다수가 도무탄의 말처럼 진검문을 멸시한 경험이 있기 때문이다.

"진검문은 우리의 동료요. 피를 나누고 함께 살아나가야 할 혈우(血友)라는 말이오. 나는 무영검가와 진검문을 동격으로 여기고 있소. 동료들끼리 업신여기고 수모를 주는 일은 앞으로 다시는 없기를 바라오."

"도 대협, 속하 진룡(眞龍)입니다."

그때 무영검수들 속에서 한 사람이 앞으로 걸어 나오며 공손히 포권을 했다.

"오… 진 형."

도무탄은 자신을 진룡이라고 소개한 사람에게 반갑게 다가가서 두 손을 덥석 잡으며 환하게 웃었다.

진룡은 다름 아닌 무영이대주다. 사실 도무탄이 무영검가에서 독고 세 자매를 제외하고 가장 절친한 사람이라면 진룡이라고 꼽을 수 있다.

독고기상과 독고용강 형제하고도 친하지만 진룡하고는 비할 바가 못 된다.

예전에 진룡은 도무탄이 처음 권혼을 얻게 되었을 때 멀리 산서성까지 와서 오랫동안 도무탄과 생사고락을 함께 넘겼었다.

너무도 반가운 마음에 눈물을 흘리고 있는 진룡은 도무탄에게 잡힌 손을 빼며 정중히 허리를 굽혔다.

"수하들의 잘못을 대신 사과드리겠습니다. 노여움을 푸십시오, 도 대협."

"노여워하는 게 아니오. 진 형, 나야말로 이 일 때문에 진 형이 언짢았다면 깊이 사과드리겠소."

"어이구 도 대협……."

도무탄이 마주 허리를 굽히자 진룡은 어찌할 바를 모르고 전전긍긍했다.


이 건물과 옆에 있는 건물 두 채를 무영검가 사람들이 사용하고 있었다.

무영이대주 진룡은 도무탄과 송행을 옆 건물 이 층의 독고
우현 부부의 방으로 안내했다.

이곳에서 생활하고 있는 무영검가 사람들의 행동은 극히
제한되어 있다.

가주 독고우현을 비롯한 거의 모든 사람이 이 장원 내에서
만 생활하고 있는 것이다.

한때는 천하가 좁다면서 무림을 주름잡았던 고수들이 벌
써 반년 넘게 좁은 장원 내에 갇혀서 기껏 한다는 것이 지하
실에서 검법연마를 하거나 정원을 오락가락하는 정도이니 뇌
옥에서 생활하는 것이나 다름이 없다.

저벅저벅…….

세 사람의 발걸음 소리만 이 층 낭하에 간단없이 자늑자늑
울려 퍼졌다.

앞서 걷는 진룡이나 뒤따르는 도무탄, 송행은 각자 나름대
로 생각에 잠겨 있다.

이윽고 진룡이 막다른 곳의 어느 방 앞에 멈추어서 격동하
는 가슴을 추스르려고 심호흡을 하고는 닫혀 있는 문을 향해
공손히 입을 열었다.

"가주. 속하 진룡입니다."

"무슨 일이냐?"

방 안의 독고우현은 세 사람의 발걸음 소리를 들었을 테지만 그 속에 죽은 줄로만 알았던 도무탄의 발걸음 소리가 섞여 있을 줄은 꿈에도 모를 것이다.

"귀한 손님이 찾아오셨습니다."

"누구냐?"

"보시면 아십니다."

"말을 해라."

"가주께서 보시면 아는 분입니다."

독고우현이 약간 신경질적으로 묻는데도 진룡은 도무탄의 방문을 밝히지 않았다.

지금 이러는 것은 모든 일을 자로 잰 듯이 철저하게 행하는 그답지 않은 행동이다.

하지만 그는 도무탄과 독고우현 부부의 재회를 더욱 극적으로 만들고 싶었다. 그래서 가주에게 이 정도 죄는 범해도 된다고 생각했다.

"들어오너라."

깊이 가라앉은 독고우현의 목소리는 변함이 없다. 목소리에서 온갖 비애가 느껴졌다.

찾아온 사람이 누군지 보면 알 것이라는 진룡의 버릇없는 도발(挑發)에도 그는 별다른 반응을 보이지 않았다. 그만큼 절망하고 있는 탓이리라.

척—

"드십시오."

문을 활짝 연 진룡이 옆으로 비켜섰으며 도무탄은 뛰는 가슴을 억누르며 성큼 실내로 들어섰다.

그의 눈에 가장 먼저 띈 사람은 독고우현 부부다. 두 사람은 문에서 오른쪽에 있는 맞은편 창 앞에 놓인 탁자에 마주앉아서 이쪽을 바라보고 있었다.

독고우현 부부 역시 도무탄을 알아보지 못했다. 덥수룩한 수염의 역할은 대단했다.

그들은 이쪽을 보면서도 일말의 아무런 기대도 하지 않은 듯 얼굴에는 깊은 시름이 그득했다.

두 사람은 대화를 나누고 있었던 것이 아니라 그저 시름없이 앉아 있었다. 나눌 대화가 없기 때문이다.

이들은 아마도 세상이 다 끝난 것 같은 절망감에 빠져 있는 것이 분명했다.

원인은 단 하나다. 도무탄이 이들 곁에 없기 때문이다. 도무탄의 존재는 그리도 큰 것이다.

머리 위에서 찬란하게 빛나고 있던 태양이 갑자기 사라져 버린 상황이 바로 이런 것일 터이다.

"진룡……."

저벅저벅…….

독고우현이 진룡을 꾸짖으려고 그를 부르는데 도무탄은 독고우현 부부를 향해 곧장 걸어가고, 뒤에서 진룡과 송행이 이제 곧 벌어질 감동적인 장면을 기대하며 가슴을 조이면서 지켜보았다.

슥—

도무탄은 독고우현 부부의 다섯 걸음 앞 실내의 한가운데에 멈추고 그 자리에 무릎을 꿇으면서 큰절을 올리며 나직하고 떨리는 목소리를 냈다.

"아버님, 어머님. 소자 무탄이 인사드립니다."

"……."

독고우현 부부는 움찔 몸을 떨면서 눈을 휘둥그렇게 뜨더니 이게 무슨 소린가 하는 표정을 지었다.

그러나 다음 순간 동시에 자리를 박차고 일어나 비틀거리면서 도무탄에게 다가왔다.

두 사람의 얼굴은 일그러지고 벌어진 입에서는 한숨 같은 것이 흘러나왔다.

두 사람은 수염을 기른 도무탄을 알아보지는 못했지만 그의 목소리를 똑똑히 기억하고 있다.

방금 들은 목소리는 도무탄이 분명했다. 설혹 죽는다고 해도 잊지 못할 목소리다.

도무탄은 엎드려서 이마를 바닥에 댄 채 꼼짝도 하지 않았고, 독고우현은 그의 머리 앞까지 다가와서 떨리는 목소리로 물었다.

"정녕 자네가 무탄인가?"

"그렇습니다, 아버님. 소자 천행으로 죽지 않고 살아서 돌아왔습니다."

그렇게 말하는 도무탄의 목소리에는 물기가 촉촉하게 배어 있었다.

"어디… 일어나서 고개를 들어보게……."

독고우현은 도무탄이 움직이는 것을 기다리지 못하고 말을 마치자마자 덜덜 떨리는 두 손으로 그의 얼굴을 잡고 들어 올렸다.

독고우현의 부인 난하영은 벌써부터 비 오듯이 눈물을 흘리며 도무탄 앞에 무릎을 꿇고 바라보았다.

독고우현이 도무탄의 얼굴을 자세히 들여다보고 있는데, 난하영은 이미 그가 하나뿐인 사위라는 사실을 알아보고는 온몸을 날려 그의 품으로 뛰어들면서 통곡 같은 울음을 터뜨렸다.

"어흐흑! 아이고, 이 사람 무탄! 살아 있었구나!"

"어머님……."

도무탄은 체구도 미모도 독고 세 자매하고 빼다 박은 것처럼 닮은 난하영을 품속에 깊이 안았다.

그는 설마 자신이 독고우현 부부를 만나서 울게 될 것이라고는 생각하지 않았었다. 그저 몹시 감격스러울 것이라는 생각만 들었다.

그런데 이상하게도 그녀를 안고는 걷잡을 수 없이 눈물이 펑펑 쏟아졌다.

그녀를 어머니로 여기기 때문이다. 품속에서 작게 몸부림치는 그녀의 등을 쓰다듬으면서 그는 앞으로 더 잘해야겠다고 마음먹었다.

"무탄이 틀림없구나……."

독고우현은 얼굴로는 환하게 웃으면서도 굵은 눈물을 뚝뚝 흘리며 두 팔을 벌려서 도무탄과 난하영을 함께 안았다.

그런데 독고우현의 몸이 가늘게 떨리는 것이 도무탄에게 고스란히 전해졌다. 그만큼 격동하고 있는 것이다.

태양이 다시 떠올랐다.

서로 얼싸안고 있는 세 사람을 지켜보고 있는 진룡과 송행도 환하게 웃으면서 소리 없이 눈물을 흘렸다.

\*　　　\*　　　\*

사파인 적도부는 원래는 보잘 것 없는 군소방파였었다.

하지만 적도부주 적풍도(赤風刀)는 뇌전팽가가 동무림의

패자인 동군주가 되었을 때 일생일대의 도박을 감행했다.

사파로서 무림으로부터 온갖 욕을 먹어가면서 치열하게 벌어 모았던 돈을 전부 싸 들고 뇌전팽가주 팽기둔을 찾아간 것이다.

그 액수가 자그마치 은자 이천만 냥이며 적풍도의 일생이 담겨 있는 돈이다.

그것을 몽땅 팽기둔에게 바치고 자신이 누구라는 것만 밝히고는 그냥 돌아서 나왔다.

그리고는 정확하게 보름 후에 뇌전팽가로 들어오라는 팽기둔으로부터의 연락이 왔다.

바로 그날부터 적풍도는 평곡현의 지배자 맹도군이 되었다. 사파이며 세력 면으로나 실력, 명성 면으로는 절대 맹도군이 될 수 없는 적도부지만 단숨에 맹도군이 되었다. 은자 이천만 냥의 위력이었다.

그리고 넉 달이 지났다. 적풍도는 앞으로 죽을 때까지 평곡현에서 고혈을 짜내면 은자 이천만 냥의 열 배 이상은 벌어들일 수 있을 것이라고 계산했다. 그렇게만 되면 남아도 보통 남는 장사가 아니다.

그리고 현재 이천만 냥의 일 할인 이백만 냥을 벌었다. 넉 달 만에 그만큼 벌었으니까 사오 년이면 본전 이천만 냥을 벌고도 남을 터이다.

그는 영악한 두뇌만이 아니라 느긋함도 지니고 있었다. 서두름과 기다림의 미덕을 잘 알기에 두고두고 평곡현의 제왕으로 군림할 생각이다.

하지만 영원할 것 같았던 제왕지몽(帝王之夢)이 불과 넉 달만에 깨질 줄은 추호도 예상하지 못했었다.


무영검가와 진검문의 검수들은 온몸이 밧줄에 꽁꽁 묶여 있다가 풀려난 것처럼 반년 간의 저주에서 벗어나 마음껏 적도부를 휘저었다.

진검문은 적도부와 직접적인 원한 관계를 맺고 있다. 그리고 무영검가는 적도부 때문에 평곡포구에 발이 묶여서 꼼짝도 하지 못했다는 간접적인 원한이 팽배해 있다. 둘 다 적도부라면 이를 갈고 있었던 것이다.

한밤중. 적도부에게 통쾌한 복수를 할 수 있는 기회는 무영검수 오십 명과 진검문 검수, 속칭 진검수(振劍手) 오십 명에게 주어졌다.

적도부는 맹도군이 된 이후 수하를 대거 끌어모아 원래의 세 배 이상 비대해져서 현재는 팔백여 명에 육박하는 대방파로 변모했다.

하지만 껍데기만 대방파일 뿐 알맹이는 오합지졸이나 다름이 없는 수준이다.

원래 적도부는 여러 면에서 진검문의 상대조차 되지 못했
었는데, 맹도군이 된 이후 몸집을 불리려는 의도로 어중이떠
중이들을 마구잡이로 끌어모은 탓에 대가리 수만 많아졌을
뿐이다.

"크아악!"

"흐아악!"

"크애액!"

깊은 밤 적도부 곳곳에서는 애간장을 끊는 듯한 비명 소리
가 어지럽게 터져 나왔다.

무영검수와 진검수의 수는 불과 백 명뿐이지만, 적도부 오
합지졸을 상대로는 일당백이므로 그야말로 가을 들판에 추수
를 하듯이 파죽지세다.

그동안에는 뇌전팽가와 그 배후의 절세불련이 두려워서
적도부를 건드리지 못했던 것이지만, 도무탄이 돌아온 지금
은 뇌전팽가나 절세불련이 아니라 대명제국을 상대로 싸운다
고 해도 추호도 겁나지 않는 무영검가와 진검문이다.

적도부 바깥 사방에는 삼십 명의 무영검수와 역시 삼십 명
의 진검수가 대기하고 있다가 담을 넘어서 도망치는 적도부
졸개들을 가차 없이 죽였다.

그러므로 무영검수와 진검수들이 바쁘기는 적도부 안이나
밖이나 매한가지다.

도무탄이나 독고우현은 아예 적도부에 오지도 않았지만 적도부가 오늘 밤에 개새끼 한 마리 남김없이 깡그리 몰살될 것이라는 사실을 의심하지 않았다.

오늘 밤 적도부를 급습하는 무영검수들과 진검수들을 총지휘하는 사람은 진검문주인 진무검 추형단이다.

삼검단주와 수하들만 보내도 되지만, 추형단은 자신이 공격의 선봉에 나서기를 원했으므로 도무탄은 그를 총지휘자로 임명했다.

무영검가와 진검문을 동등하게 놓고 봤을 때 오늘 밤 공격하는 검수 중에서 가장 지위가 높은 사람이 추형단이기 때문이다.

도무탄은 공격하는 검수 모두에게 추형단의 명령에 절대 복종할 것을 당부했으며, 거기에 이의를 제기하는 사람은 아무도 없었다.

도무탄이 무영검가와 진검문이 혈우이며 같은 동료라고 했던 말이 무영검수들에게 퍼졌기 때문이다.

바싹 마른 들판에 불이 붙으면 이럴까. 적도부는 마른 들판이고 무영검수들과 진검수들은 거센 불길이다. 그 표현이 가장 적절했다.

그 불길이 휩쓸고 지나간 자리에는 어김없이 재만 남았다. 적도부 내 여기저기에 적도부 수하들의 시체가 어지럽게 나

뒹굴어 있다.

적도부 수하들은 무영검수나 진검수들하고 싸우려 들지도 않은 채 도망치기에 바빴다.

도무탄은 적도부 부주 적풍도를 비롯하여 수하를 단 한 명도 남기지 말고 깡그리 죽이라고 명령했으며, 무영검수와 진검수들은 그것을 충실하게 이행했다. 설사 도무탄의 명령이 없었더라도 적도부 놈들을 한 명도 살려줄 생각이 없었던 그들이다.

무영검수와 진검수들 모두 한 달 굶은 늑대들처럼 용맹했지만 그래도 독고기상과 독고용강, 추형단, 삼검단주들이 단연 발군이었다.

그들은 일각 만에 이삼십 명을 죽이고서도 눈이 벌게져서 먹이를 찾아 돌아다녔다.


급습을 감행한 지 불과 한 시진 만에 적도부는 지상에서 사라졌다.

죽은 자들을 일일이 세어보는 수고를 하지는 않았지만 적도부의 팔백여 명에 가까운 수하는 한 명도 남김없이 전멸한 것이 분명했다.

평곡현 현 내에는 열아홉 개의 방, 문파가 있지만 대다수는 적도부의 전멸을 알지 못했다.

지리적으로 가까운 곳에 위치한 세 개의 방, 문파가 적도부의 소란을 알아차리고 즉시 몇 명의 수하를 보내서 접근을 시도했었다.

그러나 적도부 바깥을 삼엄하게 지키고 있는 무영검수와 진검수들에게 가로막혀 겨우 목숨만 건진 채 줄행랑을 쳐야만 했다.

*    *    *

밀운현(密雲縣)은 평곡현에서 북서쪽으로 백이십여 리 떨어진 곳에 있는 매우 큰 현이다.

평곡현 주변에는 자그마한 현이 세 개 있으나 모두 적도부의 지배를 받고 있었다.

그러니까 적도부의 세력권 밖에서 가장 가까운 지역이 밀운현이다.

밀운현을 비롯하여 육, 칠십여 리 일대를 지배하고 있는 밀운현의 맹도군은 혈마루(血魔樓)이며 방파명이 대변하는 것처럼 마도이다.

적도부가 전멸한 지 닷새가 지난 날 밀운현에서 평곡현으로 뻗은 관도를 열 명의 무사가 경공술을 전개하여 나는 듯이 달리고 있다.

그들은 밀운현 혈마루의 고수로서 방파명을 따서 통칭 혈마수(血魔手)라고 불린다.

혈마루는 적도부의 오합지졸들하고는 근본적으로 수준이 다른 정통 마도고수이다.

이들 열 명은 적도부에 무슨 일이 있는지 알아보기 위해서 혈마루주의 명령을 받고 평곡현으로 가고 있는 중이다.

적도부가 지난 열흘 동안 꼼짝도 하지 않고 있을 뿐만 아니라 평곡현 내에 산재해 있는 열아홉 방, 문파도 전혀 움직이고 있지 않기 때문이다.

마치 평곡현은 애초부터 존재하지 않았던 것처럼 쥐 죽은 듯이 고요했다.

동무림 전역에 흩어져 있는 백칠십칠 개 맹도군은 매일같이 뇌전팽가로 전서구를 띄워서 그날 있었던 일들을 보고하고 있다.

그것을 일전(日傳)이라고 하는데, 특별한 일이 없더라도 그날 하루 아무 일이 없었다는 보고를 하는 것이다.

뇌전팽가에서는 그런 식으로 철저하게 맹도군들을 감독, 관리하고 있다.

그런데 적도부에서 닷새씩이나 일전을 보내지 않으니까 뇌전팽가에서 의심할 수밖에 없다. 그래서 평곡현에서 제일 가까운 밀운현의 혈마루더러 직접 가서 무슨 일인지 확인을 하라고 지시한 것이다.

휘이이—

혈마루 열 명의 혈마수는 넓은 관도 한복판을 두 줄로 빠르게 달리고 있다.

오후 무렵이라서 관도에는 왕래하는 사람이나 수레 따위가 제법 많았으나 혈마수들은 개의치 않고 무인지경인 양 전속력으로 달렸다.

짙은 흑의 경장을 입고 도검을 어깨에 멘 그들의 모습은 몹시 위압적이라서 사람들은 관도 가장자리로 피하느라 이리 뛰고 저리 뛰면서 정신이 없다.

그래서 관도에는 난리법석이 벌어졌으나 혈마수들은 아랑곳하지 않았다.

# 第七十八章

마차 바꾸기

등롱기

열 명의 혈마수가 평곡현을 십여 리쯤 남겨둔 지점에 이르렀을 때다.

언제부터인가 관도에는 그 많던 사람이 한 명도 보이지 않았으며 경공술을 전개하여 달리고 있는 혈마수 열 명뿐이다.

혈마수들은 처음에는 그다지 이상하게 여기지 않은 상태에서 수백 장을 달려가다가 어느 순간 문득 사람을 한 명도 발견하지 못하게 되니까 이윽고 신형을 멈추고 주위를 두리번거렸다.

아무리 살펴봐도 곧게 뻗어 있는 관도의 끝에서 끝까지 개

미 새끼 한 마리도 보이지 않았다.

이런 상황은 흔하게 일어나는 것이 아니다. 혈마수들은 본능적으로 위기를 감지했다.

스승— 창!

누가 명령을 내리지도 않았는데 일제히 도검을 뽑으면서 날카로운 눈빛으로 주변을 쓸어 보았다. 그들의 시선이 집중된 곳은 관도 양쪽 바깥의 풀숲과 가장자리에 죽 늘어선 나무들이다.

그때 관도 가장자리 가까운 곳의 어느 나무 뒤에서 한 사람이 천천히 걸어 나왔다.

고요한 적막 속에서 태연하게 걸어 나오고 있기 때문에 마치 환상처럼 보였다.

그런데 분명히 걷고 있으며 미풍에 옷자락이 가벼이 펄럭이고 있는데도 아무런 기척도 나지 않았다.

그는 더부룩한 수염을 말끔하게 깎고 말끔한 황의 단삼을 입어서 말끔하게 변모한 도무탄이다.

그가 수염을 깎았다는 것은 의미하는 바가 크다. 더 이상 피해 다니지 않을 것이라는 뜻이며, 이제부터 뭔가 큰일을 실행한다는 의미다.

도무탄은 자신들이 적도부를 괴멸시켰기 때문에 평곡현에서 가장 가까운 밀운현의 맹도군 혈마루에서 필경 고수들을 보낼 것이라는 사실을 예견하고서 진검문 검수들을 시켜서 관도를 지키게 했었다.

그랬었는데 과연 그가 예상했던 대로 혈마루의 혈마수 열 명이 오고 있다는 보고를 받고 관도의 적당한 장소를 정해서 양쪽 일 리 정도를 비우게 만든 것이다.

그렇게 한 이유는 열 명의 혈마수가 죽는 것을 비밀로 하고 싶기 때문이다.

혈마수들을 죽여야 하는 것은 당연하다. 적도부가 괴멸됐다는 사실이 드러나게 할 수는 없는 것이다.

도무탄이 관도의 한복판에 이르기도 전에 혈마수들은 그를 빠르게 포위했다.

"뭐 하는 놈이냐?"

우두머리로 보이는 제법 용맹하게 보이는 자가 한 자루 도를 가슴에 안고 제 딴에는 마도에서 십수 년 굴러먹으면서 쌓은 마도의 기운, 즉 마기 비스무리 한 것을 폴폴 풍기며 도무탄을 살벌하게 쏘아보았다.

"너희는 혈마루 사람이냐?"

도무탄의 물음에 우두머리는 눈살을 찌푸렸다. 무림인들은 질문을 질문으로 답하는 것을 아주 싫어한다. 특히나 괴팍한 마도인들은 더욱 그렇다. 그것이 이들 열 명의 우두머리의 기분을 상하게 만들었다.

"죽여라."

우두머리는 도무탄의 시답잖은 말 같은 것은 더 들어볼 것
도 없고 그가 누군지 알 필요도 없다는 듯 미간을 좁히며 짧
게 말하고는 뒤로 돌아서 천천히 물러났다. 자신이 직접 나설
필요조차 없다는 뜻이다.

그가 보기에 훤칠한 체구에 기생오라비처럼 잘생긴 이 백
면서생은 무공은커녕 평생 공자 왈 맹자 왈 공부만 한 책벌레
가 분명했다.

보통 저런 허여멀끔하게 생긴 놈들이 대가리에 든 지식만
믿고 이따금 객기를 부리는데, 그럴 땐 따끔한 훈계를 내리는
것밖에는 방법이 없다.

물론 마도인의 따끔한 훈계는 죽이는 것이다. 정파인들은
이럴 경우에 여러 가지 좋은 방법으로 상대를 물러나게 하겠
지만 마도는 다르다. 그래서 사람들이 마도라고 하면 치를 떠
는 것이다.

퍼퍼퍼퍼퍽!

우두머리는 돌아서서 걸으면서 이미 백면서생에 대해서는
잊어버렸다.

그의 머릿속에는 어째서 적도부가 뇌전팽가에 일전을 띄
우지 않은 것인지, 적도부에 무슨 일이 생긴 것인지에 대한
생각이 가득했다.

그런데 그가 돌아서서 고개를 갸웃거리며 채 두 걸음을 걷기도 전에 뒤에서 젖은 가죽을 두드리는 듯한 소리가 연달아 터졌다.

우두머리는 세 걸음째를 내디디면서 그것이 허여멀끔하게 생긴 서생이 죽어가는 소리일 것이라는 생각에 입가에 득의한 미소를 떠올렸다.

그러다가 흠칫했다. 그의 수하는 모두 도검을 사용하는데 방금 들린 소리는 도검에 찔리거나 베이는 것하고는 다른 소리였다.

"억?!"

재빨리 몸을 돌린 그는 눈앞에 벌어진 믿어지지 않는 광경에 눈을 찢어질 듯이 부릅떴다.

허여멀끔한 백면서생은 뒷짐을 진 채 우두커니 서 있고, 그 주변에 혈마수 아홉 명이 다투듯이 쓰러지고 있었다. 도저히 있을 수 없는 일이 벌어져 있는 것이다. 이런 상황이 벌어질 것이라고는 일 푼도 예상하지 않았었다.

쿠쿠쿵…….

"뭐… 뭐야……."

우두머리는 수하들이 쓰러지는 소리를 듣고 또 눈으로 보면서 정수리의 뚜껑을 열고 펄펄 끓는 물을 확 쏟아부은 것처럼 머릿속이 멍해졌다.

그래서 수하들의 미간에 손톱 크기의 구멍이 하나씩 뚫려 있다는 사실을 확인할 겨를조차도 없었다. 그걸 봤다면 허여멀끔한 백면서생이 절정, 아니, 초극고수라는 사실을 알아봤을 것이다.

그러나 그는 너무 놀란 나머지 그저 눈앞에 벌어진 상황이 믿어지지 않을 뿐이다.

그리고 그에게는 그걸 믿고 자시고 할 기회가 더 이상 주어지지 않았다.

도무탄에게서 무형의 어떤 기운이 추호의 소리도 없이 뿜어져서 우두머리의 미간을 관통한 것이다. 방금 전 그의 수하 아홉 명이 당했던 바로 그 수법이다.

픽!

비명도 없다. 비명을 지르기도 전에 생명이 몸에서 빠져나갔기 때문이다.

여기에서 주목해야 할 점이 있다. 도무탄은 뒷짐을 진 채 그저 가만히 서 있었는데 그의 몸에서 어떤 무형의 기운이 발출됐다는 사실이다.

방금 전 바로 그것이 찰나지간에 각기 다른 방향과 다른 거리에 있는 혈마수 열 명을 즉사시켰다.

도무탄이 한 일은 한 가지다. 그들을 죽여야겠다고 마음을 먹은 것뿐이다.

그랬을 뿐인데 그의 몸 어디에선가 보이지 않는 무형지기가 동시에 아홉 줄기나 뿜어져 나가 아홉 명의 미간을 정확하게 관통했다.

그 무형기운은 용천기(龍心氣)라고 하는데 그 이름은 사부 고연후가 가르쳐 준 것이 아니다.

그 당시의 고연후는 그런 사사로운 것들을 가르쳐 줄 만큼 한가하지 않았었다.

고연후는 단지 도무탄의 체내에 봉인된 상태로 오랫동안 잠재되어 있던 기운, 즉 도무탄은 권혼력이라고 알고 있었으나 사실은 용천기였던 그것을 일깨워서 온전히 그의 것이 되도록 해주었다.

용천기가 자신의 것이 되자 그는 용권에 대한 모든 것을 한꺼번에 다 깨닫고 터득하게 되었었다. 누가 가르쳐 줄 필요도 없이 저절로 알게 된 것이다.

그것은 마치 고연후의 영혼이 도무탄 몸과 마음속에서 맥맥하게 살아 있는 듯한 그런 것이다.

방금 그가 전개한 것은 어떤 수법이나 초식도 아니다. 용권은 그가 마음을 먹은 대로 전개할 수 있으니 그의 마음이 초식이라고 할 수 있을 것이다.

"세상에… 자네 방금 그게 무슨 수법인가?"

조금 전 도무탄이 걸어 나왔던 쪽의 관도 가장자리에 서 있는 독고기상이 땅에 어지럽게 쓰러져 있는 혈마수들을 보면서 너무 놀라 벌린 입을 다물지 못했다.

독고기상뿐만 아니라 그의 좌우에 서 있는 독고용강과 진검문주 추형단도 방금 전의 광경을 보고는 기절초풍할 정도로 놀랐다.

도무탄하고 같이 온 이들은 도무탄이 혈마수 아홉 명을 죽이기 직전에 나무 뒤에서 걸어 나왔다.

하지만 도무탄이 무슨 수법으로 어떻게 혈마수들을 죽였는지는 전혀 알 수가 없다.

도무탄은 그저 가만히 서 있을 뿐인데 사방에서 공격해 가던 혈마수들이 저절로 미간이 관통되어 뒤로 나가떨어졌기 때문이다.

독고기상의 물음에 도무탄은 단지 희미한 미소만 지을 뿐 아무 말도 하지 않았다.

독고기상과 독고용강, 추형단 등은 도무탄이 반년 전하고는 비할 수 없을 정도로 고강해졌다는 사실을 짐작했다.

도무탄 등은 혈마수 열 명의 시체를 관도 바깥 풀숲에 잘 감추고는 길을 떠났다.

그들의 목적지는 밀운현 혈마루이며 오늘 밤에 혈마루를 급습하기 위해서다.

혈마루에서 혈마수 열 명이 평곡현을 향해서 오고 있다는 보고를 접했을 때 도무탄이 독고우현과 상의해서 내린 결정이다.

사실 상의라고 할 것도 없다. 도무탄이 의견을 제시하자 독고우현은 그의 말에 무조건 찬성을 했다.

오늘 밤에 혈마루를 쓰러뜨리고 그 여세를 몰아서 폭풍처럼 그러나 은밀하게 혈마루가 장악하고 있던 밀운현의 세력권까지 집어삼켜 버리는 것이다.

혈마루를 괴멸시키는 승산을 따지면 이쪽이 차고도 넘친다. 도무탄 혼자서도 혈마루 따위 반 시진 내에 쓸어버릴 수 있을 것이다.

반 시진이나 걸려야 하는 것은, 혈마수들을 일일이 다 죽이는 데 시간이 걸리기 때문이다.

그러나 구태여 그럴 필요가 없다. 그는 혈마루주를 비롯한 몇 명의 간부급 고수만 제거해 주면 된다. 나머지는 무영검수와 진검수들이 처리할 터이다.

지금 관도가 아닌 숲길을 통해서 밀운현으로 가고 있는 사람들은 무영검수와 진검수들만이 아니다.

평곡현 내 열아홉 방, 문파 중에서 평소 진검문을 믿고 따라주었던 일곱 개 방, 문파에서 각 삼십 명씩의 고수를 엄선하여 보내주었다.

원래 무영검가의 총인원은 칠백여 명으로 대문파였으나 영능과 무림추살대, 뇌전팽가의 연합 공격으로 대패하여 백여 명만 겨우 살아남았었다.

생존한 백여 명 중에서 가주 직속인 무영특검대를 비롯하여 무영일검대부터 무영사검대까지 팔십여 명이고 나머지는 가주의 식솔들이다.

이번 일에는 그들 무영검수 팔십여 명이 모두 동원됐으며 진검문에서도 백사십여 명의 진검수 모두, 그리고 평곡현 일곱 개 방, 문파에서 엄선한 이백십 명, 그래서 도합 사백삼십여 명이 이번 일에 동원됐다.

혈마루의 혈마수는 이백여 명으로 그다지 많은 수가 아니지만 정예(精銳)라고 말할 수 있다.

혈마수 전체가 쟁투십오급인 초절일이삼의 일상급에서 일하급까지 분포되어 모두 일급고수라는 사실은 잘 알려져 있는 사실이다.

그렇다고 해도 도무탄을 비롯하여 독고기상과 독고용강, 추형단이 이끄는 이쪽의 사백삼십여 명으로 능히 혈마루를 괴멸시키고도 남음이 있다.

그 다음에는 밀운현을 비롯한 혈마루의 세력권 전체를 장악해 버리는 것이다.

혈마루는 원래 밀운현에서 동북쪽으로 삼십여 리 떨어진 낙산(濼山) 기슭에 자리를 잡고 있었다.

그랬는데 맹도군이 된 이후에 밀운현에서도 가장 번화한 한복판으로 이전해 온 것이다.

만리장성 바깥의 북쪽 군도산(軍都山)에서 남쪽으로 흘러내리는 세 줄기의 강 흑하(黑河)와 백하(白河), 조하(潮河)가 합류하여 운전하(運箭河)라는 큰 강이 시작되는 곳에 밀운현이 위치해 있다.

그리고 밀운현에서 가장 번화한 곳인 밀운포구 근방에 혈마루가 있다.

해시(亥時:밤 10시경) 무렵 혈마루 사방에는 평곡현에서 쉼 없이 달려온 사백삼십여 명의 고수가 어둠 속에 자리를 잡고 달콤한 휴식을 취하고 있다.

지금부터 한 시진 후 자정에 일제히 혈마루를 급습한다는 계획이다.

그전에 도무탄과 몇 사람이 먼저 혈마루에 잠입하여 혈마루주와 우두머리급들을 제거한 직후에 바깥에 은둔해 있는 동료들에게 공격하라는 신호를 보낼 것이다.

그러나 신호가 없더라도 자정이 되면 무조건 공격을 개시한다는 방침이다.

무영검수와 진검수, 그리고 평곡현 일곱 개 방, 문파의 고수들은 어둠과 완벽하게 동화하여 은둔한 상태에서 자정이 되기만을 기다리고 있다. 전의(戰意)는 하늘을 찌르고 협의는 골수에 맺혀 있다.

독고기상과 독고용강이 순찰을 돌고 있는 혈마수 두 명을 제압하여 혈마루주의 거처를 알아내고는 죽여서 은밀한 장소에 감추었다.

혈마루주의 거처는 삼 층의 웅장한 규모인데 도무탄은 혼자 신형을 솟구쳐서 삼 층으로 향하고, 독고기상과 독고용강, 추형단은 대전 입구로 진입했다.

방, 문파의 수장들은 이런 전각일 경우 대부분 삼 층에서 머물기 때문에 도무탄은 직접 삼 층으로 잠입하여 공략하려는 것이다.

독사를 죽일 때는 먼저 대가리를 부수거나 자르는 것이 순서인 것처럼, 일개 방파를 공격하기 전에 수장을 제압하거나 죽이는 것이 무조건 유리하다.

이곳 혈마루를 뱀굴이라고 한다면 혈마루주는 왕뱀이고 중간급 우두머리들은 독성이 강한 독사이다.

일단 그놈들만 제거하고 나면 나머지는 땅 짚고 헤엄을 치는 것이나 다름이 없다.

도무탄은 나뭇잎 하나가 떨어져 내리는 것보다 가볍게 이 층 지붕에 내려섰다.

이런 행동 역시 그가 직접 다리를 움직일 필요가 없이 그저 어디로 가겠다고 마음만 먹으면 된다.

이어서 삼 층에 죽 이어진 창문들을 보다가 그중 한곳으로 미끄러져 갔다.

그 안에서 아무런 기척이 감지되지 않았기 때문에 그곳으로 잠입하려는 것이다.


"루주, 대업(大業)은 어떻게 되어가고 있습니까?"

넓고 화려한 실내에는 다섯 명이 술을 마시고 있다. 기다란 탁자의 상석 쪽에 혈마루주가, 그리고 앞쪽 좌우에 두 명씩 네 명의 당주가 서로 마주 보는 자세로 앉아 있다.

술을 마시는 사람은 이들 다섯 명뿐이다. 시중을 드는 여자도 수하도 없다.

평소에 자주 모여서 이렇게 술을 마셨던 것처럼 자연스러운 광경이다.

그리고 지금 나누고 있는 대화는 매우 비밀스러운 내용이지만 이들 다섯 명은 평소 가끔 이런 대화를 나누었던 것처럼 비밀스럽지 않은 듯했다.

그도 그럴 것이 이들은 혈마루의 다섯 우두머리인 루주와 네 명의 당주이기 때문이다. 우두머리들은 그들끼리만 나누는 대화가 있는 법이다.

"후후… 차근차근 순조롭게 진행되고 있다."

사십오 세 정도의 나이에 눈빛이 강렬하고 관자놀이가 툭 불거진 강인한 용모의 인물, 즉 혈마루주가 젓가락으로 안주를 뒤적이면서 흐릿하게 미소를 흘렸다.

마치 누군가 그것에 대해서 물어주길 기다리고 있었다는 듯한 표정이다.

"자세히 설명해 주십시오, 루주."

당주 한 명이 묻자 혈마루주는 술을 입속에 쏟아붓고는 손등으로 입술을 닦고 나서 큰 톱으로 거목을 서걱서걱 톱질하는 듯한 듣기 거북한 목소리로 얘기를 시작했다.

"흐흐흐… 동서남북 네 군데 중에서 우리 동무림 쪽의 진전이 가장 빠르다."

이어서 이들은 소위 마도대업(魔道大業)이라는 주제에 대해서 한동안 얘기를 나누었다.

하지만 느닷없이 문을 벌컥 연 불청객에 의해서 대화가 중단되었다.

만약 실내에 있는 자들이 혈마수였다면 촐싹거리는 반응을 보였을 것이다.

하지만 그래도 명색이 루주와 당주들이라서 황색 유삼을 입은 낯선 청년이 문을 열고 들어와 곧장 걸어오고 있는데도 아무도 일어서지 않고 묵묵히 쳐다보기만 했다.

혈마루주와 네 명의 당주는 자기들 딴에는 날카로운 눈을 지녔다고 자부했다.

그들이 보기에 도무탄은 아무리 후하게 봐준다고 해도 닭 모가지조차 비틀만한 힘이 없는 영락없는 백면서생으로 보였다.

"너는 뭐하는 놈인데 야밤에……."

문 쪽에 가깝게 앉은 깍짓동 같은 퉁퉁한 체구의 당주 한 명이 도무탄을 보면서 인상을 쓰며 말을 하는데 끝까지 이어지지 않았다.

퍼퍼퍼퍽…….

혈마루주는 두 팔을 굽혀서 팔꿈치를 탁자에 대고 두 손을 깍지 낀 채 그 위에 턱을 얹고 관찰하는 듯한 얼굴로 도무탄을 쳐다보고 있다가 갑자기 젓가락으로 젖은 이불을 두드리는 듯한 소리를 들었다.

그리고 그가 미처 깍지 낀 손에서 턱을 떼지 못하고 있을 때 눈앞에서 네 명의 당주가 풀썩풀썩 탁자에 엎어지는 광경을 보았다.

쿠쿠쿵…….

"……!"

혈마루주는 천천히 깍지 낀 손에서 턱을 떼어내고 있지만 절대로 느긋한 행동이 아니다.

반대로 혼비백산 상태에서의 무의식적인 행동이다. 순간적으로 몹시 놀라서 멍해졌다.

혈마루주의 시선은 걸어오고 있는 도무탄에게 고정시킨 상태에서 후드득 진저리 같은 공포가 온몸을 훑었다.

혈마루주는 지금 이 순간 자신이 가장 존경하고 또 충성하고 있는 한 인물을 떠올렸다.

그 인물은 일 년 전 암암리에 천하의 마도를 일통한 마도의 영웅 수라마룡(修羅魔龍)이다.

그는 원래 잔도마룡(殘刀魔龍)이라는 별호로 불렸으며 천하오룡 중에 한 명이었다.

그렇지만 일 년 전부터 손속이 지나치게 잔혹해지고 또 마도를 일통하는 과정에 수많은 사람을 죽였기 때문에 수라마룡이라는 별호로 개칭(改稱)되었다.

그런데 혈마루주는 방금 백면서생이 네 명의 당주를 죽이는 단 한 번의 광경을 보고는 그가 수라마룡과 맞먹는 수준이라는 사실을 직감했다.

두 사람이 조금 다른 것이 있기는 하다. 백면서생에게서는 아무것도 발출되지 않았는데 네 명의 당주가 미간이 관통되어 죽었다.

그러나 예전에 혈마루주는 수라마룡이 누군가를 죽이는

광경을 직접 목격한 적이 있었는데, 그때 수라마룡에게서 번쩍! 하고 눈부신 혈광이 뿜어지면서 상대를 죽였었다.

백면서생은 무형지기가 발출되고 수라마룡은 혈광이 뿜어진다는 사실이 다를 뿐 두 사람이 전혀 손을 쓰지 않으면서 상대를 죽인다는 점에서는 똑같다.

혈마루주는 앉은 자세에서 꼼짝도 하지 않았다. 아니, 못했다. 움직일 수가 없다. 이것 역시 수라마룡 앞에서 느꼈던 반응하고 똑같다.

인정하고 싶지는 않지만, 혈마루주는 자신이 살모사 앞에 놓여 있는 쥐새끼 꼴이라는 사실을 깨달았다.

지금 이 질식할 것 같은 상황에서는 그가 손가락만 잘못 까딱하거나 숨소리를 조금만 크게 내더라도 목숨을 잃을 것이라는 공포가 엄습했다.

혈마루주는 자신의 실력이 대단하다고 믿고 있는 인물이라서 싸워보지도 못하고 지금처럼 돌부처가 돼버린 상황은 절대로 있을 수 없는 일이다.

하지만 싸우는 것도 상대를 봐가면서 하는 것이다. 일 초식을 전개하기도 전에 작살날 것을 뻔히 알면서 공격하는 것은 미친 짓이다.

이제야 알게 된 사실이지만, 백면서생은 문을 열고 여기까지 걸어오는 동안 바닥에서 반 자 정도 떠서 구름을 밟듯이 미끄러지듯이 다가오고 있다.

이윽고 도무탄이 가까이 다가오자 혈마루주 앞쪽에 앉은 자세로 탁자에 엎드려 죽어 있는 당주가 저절로 둥실 공중에 떠오르더니 바닥에 스르르 눕혀졌다. 물론 도무탄은 그에게 손가락조차 대지 않았다.

육중한 체구의 당주는 바닥에 묵직하게 쓰러지면서도 추호의 소리도 나지 않았다.

혈마루주는 그 역시 백면서생이 뭔가 높은 수준의 수법을 발휘했을 것이라고 짐작하고는 더욱 긴장했다.

혈마루주는 방금 빈자리가 된 곳에 매우 자연스럽게 앉고 있는 백면서생을 보면서 자신의 몸이 가늘게 떨리고 있다는 사실을 깨달았다.

살모사 면전에서 떨지 않을 쥐새끼는 없으며 바로 그것이 자연의 이치다.

이 자리에서 혈마루주가 제아무리 개지랄을 떤다고 해도 쥐새끼 신세를 모면할 수는 없다. 세상이 제아무리 천지개벽을 한다고 해도 언제나 태양은 태양이고 지푸라기는 그저 지푸라기일 뿐이다.

혈마루주는 비굴하게도 그 사실을 너무도 잘 알고 있다. 현실은 언제나 냉엄하기 때문이다.

쪼르르……

도무탄은 바닥에 널브러져 있는 당주가 마시던 술잔을 비우고 옷소매로 술잔을 정성껏 잘 닦은 다음에 거기에 새 술을 따랐다.

그러는 그의 행동은 전혀 어색하지 않아서 마치 처음부터 거기에 앉아서 술을 마시고 있었던 것 같았다.

그러면서 그는 시선을 술잔으로 향하고 있지만 혈마루주는 급습을 할 엄두조차 내지 못했다.

도무탄의 행동은 혈마루주가 가장 존경하는 수라마룡처럼 너무도 자연스러웠다.

그것은 오직 극강자(極强者)만이 취할 수 있는 몸에 배어 있는 행동이다.

꿀꺽……

혈마루주는 아닌 밤중에 불쑥 찾아든 불청객을 주시하면서 마른침을 삼켰다.

그런데 본의 아니게 침을 삼키는 소리가 고요한 정적을 깨뜨리는 바람에 그는 화들짝 놀랐다.

혈마루주는 백면서생을 바라보는 동안에 눈이 시어서 눈물이 고이는 것을 느꼈다.

그것은 마치 가까운 곳에 있는 매우 밝은 불빛을 쳐다보는 듯한 현상이다.

도무탄은 혈마루주 따위는 안중에도 없는 듯 술 한 잔을 천천히 마시고 나서 빈 잔을 손에 쥐고 이리저리 살펴보면서 비로소 입을 열었다.

"나는 혈마루를 없애려고 왔다."

그럴 것이라고 짐작은 했지만 막상 도무탄에게서 직접 그 말을 듣자 혈마루주는 오금이 저렸다.

그래서 하마터면 '그렇게 하십시오'라고 대답할 뻔했다. 그 정도로 이 백면서생이 혈마루 정도를 몰살시키는 것은 간단할 것이라고 생각했다.

"네 생각에 부자가 되기 위해서는 몇 가지 방법이 있을 것 같으냐?"

도무탄이 눈을 내리깔고 두 번째 술을 따르면서 마치 오랜 친구를 만나서 회포를 푸는 듯한 친근한 목소리로, 그러나 선문답 같은 말을 했다.

그 순간 혈마루주는 지금 자신이 급습을 가하면 어떤 결과가 벌어질 것인가를 아주 잠깐 생각해 봤다. 그만큼 백면서생이 무방비 상태이기 때문이다.

그러나 그런 생각은 떠올렸을 때보다 더 빠른 순간에 사라져 버렸다.

그보다는 이 백면서생이 아직 자신을 죽일 의도가 없는 것 같으니 그의 말을 끝까지 들어보는 것도 좋지 않겠는가, 라고 생각했다.

"여러… 크흠! 여러 방법이 있을 것이오."

혈마루주는 대답을 하다가 목이 꽉 잠겨서 헛기침을 한 후에 대답을 했다.

그의 대답이 정답일 것이다. 부자가 되는 방법은 꼭 하나만이 아닐 것이기 때문이다.

도무탄은 두 번째 잔 역시 단숨에 비우고 나서 빈 잔을 만지작거리며 처음으로 혈마루주를 똑바로 쳐다보면서 고개를 끄떡였다.

"죽을 때까지 꼭 이루고 싶은 목적이 무엇이냐?"

도무탄은 네 명의 당주를 죽이고 나서 혈마루주마저도 죽이고 나가려 했었다.

그렇지만 혈마루주의 반응을 보고는 어쩌면 혈마루를 멸문시키는 것보다 더 좋은 방법이 있지 않을까 하는 생각이 들었다.

혈마루주는 백면서생이 뜬금없는 질문을 하는 데에는 반드시 무슨 이유가 있을 것이라고 생각하여 결코 소홀하게 넘길 수가 없었다.

자신의 대답 여하에 따라서 목숨이 붙어 있을 수도 죽을 수도 있기 때문이다. 물론 살아날 확률이 훨씬 희박할 테지만 말이다.

그리고는 자신이 어렸을 때부터 줄곧 꿈꿔왔던 인생의 목

표에 대해서 이번만큼은 목소리가 잠기지 않으려고 애쓰면서
대답했다.

"내 온몸과 온 마음으로 존경하는 분을 위하여 분골쇄신하
는 것이오."

혈마루주는 욕심을 부리지 않았다. 그는 자신의 위치에 어
울리는 딱 그다운 포부를 지니고 있었다.

그 자신의 능력으로는 세상을 바꾸지 못하므로 그런 능력
을 지닌 인물의 충복이 되고 싶다는 것이다. 그래서 주인이
세상을 바꾸는 것을 옆에서 지켜보면서 대리만족을 느끼고
싶다는 뜻일 게다.

쪼르르…….

도무탄은 술잔을 비우고 또다시 잔을 채우면서 고개를 끄
떡였다.

"말하자면 존경하는 주인을 태운 마차를 끄는 한 마리 말
이 되고 싶은 것이로군."

"그렇소."

참으로 적절한 표현이라서 혈마루주는 이런 자리가 아니
었으면 박수라도 치고 싶은 심정이다.

"그래서 너는 마차를 끄는 말이 되었느냐?"

"아… 직은 아니오."

어눌하게 대답을 하면서 혈마루주는 스스로가 조금쯤 부

끄러워졌다.

그는 비밀리에 마도를 일통한 수라마룡이 탄 마차를 끄는 말은커녕 수라마룡의 식사를 끓이는 화덕의 불쏘시개조차도 되지 못하고 있는 형편이다.

수라마룡은 혈마루주 중경(仲經)이라는 인물이 자신의 휘하에 있다는 사실조차도 모르고 있을 것이다.

도무탄은 낮고도 맑게 웃었다.

"하하하! 백 번 양보하여 네가 목적을 이루어 주인을 태운 마차를 끄는 말이 되었다고 치자."

"……."

"마차를 끄는 말이 네 마리든 여섯 마리든 그중에 하나가 죽으면 주인으로선 새 말로 갈아치울 것이다."

"……."

도무탄의 말을 듣고 혈마루주 중경은 한꺼번에 여러 가지 사실을 깨닫고 흠칫 몸을 떨었다.

중경은 아직 수라마룡이 타고 있는 마차를 끄는 말이 되지 못했다. 즉, 최측근이 되지 못했다는 뜻이다.

그런데 설혹 수라마룡의 최측근이 됐다고 해도 중경이 이 자리에서 죽어버리면 말짱 소용이 없는 것이다. 수라마룡은 일말의 망설임도 없이 중경의 빈자리를 다른 인물로 즉시 채워 버릴 것이기 때문이다.

중경은 어쩌면 눈앞의 백면서생이 어떤 선택의 기회를 제공할지도 모른다는 생각이 들었다.

백면서생은 그 기회를 주기 위해서 지금까지 선문답 같은 대화를 이끌어온 것이다.

당연한 얘기지만, 중경이 그 기회를 붙잡으면 목숨을 건질 수도 있을 것이고 그러지 못하면 죽을 것이다. 거기까지 생각이 미치자 그는 입술이 바싹 말랐다.

"부자가 되는 방법이 열 가지라고 하자."

도무탄은 처음에 운을 띄워두었던 화제로 돌아갔다. 그는 한 손으로 잡은 술병을 뻗어서 중경의 비어 있는 잔에 술을 따라주었다.

중경은 그가 자신에게 술을 따라주는 행동이 다소 우호적이라는 느낌을 받았다.

쪼르르…….

자신의 술잔이 비어 있었다는 사실을 모르고 있었던 중경은 부지중에 두 손으로 잔을 잡고 몸을 일으켜 엉거주춤한 자세를 취했다.

"그중에서 네가 선택한 방법이 옳은 것이 아니었다고 하더라도 아직 아홉 개의 방법이 남아 있으며, 너는 그중에 하나를 고를 수 있다."

중경은 바보가 아니다. 아니, 오히려 보통 사람들보다는 훨씬 똑똑하다.

그 영리함이 가진 것 없는 무일푼의 그를 오늘날의 혈마루주로 만들어주었다.

"나더러 당신이 탄 마차를 끄는 말이 되라는 뜻이오?"

"그렇다."

도무탄은 고개를 끄떡였다.

중경은 심장이 미친 듯이 두근거리는 것을 억누르려고 애썼다. 놀라움과 흥분 때문이다.

지금 눈앞에 주어진 기회를 어떻게 선택하느냐에 따라서 목숨을 건질 수 있을 뿐만 아니라 꿈속에서나 가능했던 평생의 희망이 이루어질 수 있다. 물론 눈앞의 백면서생이 약속을 지킨다면 말이다.

그러나 문제는 남아 있다. 중경 자신이 뼛속까지 마도인이라는 사실이 그것이다.

그리고 또 하나는 누군지도 모르는 무명소졸이 탄 마차를 끌고 싶지 않다는 것이다.

그럴 바에는 차라리 죽는 게 낫다. 만약 백면서생의 정체가 무명소졸인 것으로 밝혀지면 계란으로 바위를 치는 한이 있더라도 공격을 하다가 죽을 것이라고 다짐했다.

지금 이 시점에서 주인을 바꿔서 모신다면 그는 마도를 배신하는 것이 된다.

그 꼬리표는 죽을 때까지 그를 따라다닐 것이고 마도인들은 그를 보자마자 죽이려고 할 것이다.

그러므로 그런 막중한 대가를 치르는 만큼 이 백면서생의 정체가 그를 충분히 납득시켜야 할 것이다.

거기까지 생각을 하자 중경은 조금 용기가 생겨 자세를 바로하고 도무탄을 응시했다.

"귀하는 누구시오?"

"나는 도무탄이다."

자신을 도무탄이라고 밝힌 백면서생은 느긋한 동작으로 또 한 잔의 술을 마셨다.

"도무탄……."

중경은 도무탄이라는 생소한 이름을 입속으로 중얼거리다가 한 순간 화드득 놀랐다.

"설마… 등룡신권이오?"

"그렇다."

중경은 더 이상 길게 생각할 것도 없이 그 자리에서 일어나 의자 옆으로 나와서 도무탄을 향해 공손히 무릎을 꿇고 큰절을 올렸다.

"당신의 말이 되겠습니다."

# 第七十九章

마도제일파(魔道第一派)

등롱기

그긍……

공격 개시 시간인 자정을 이각쯤 남겨둔 시각에 혈마루의 전문이 양쪽으로 육중하게 활짝 열렸다.

그런데 문 안쪽에서 걸어 나온 사람은 추형단 혼자다. 그는 전문 밖으로 나와서 좌우를 둘러보았다.

그가 있는 곳에서는 그저 자욱한 어둠이 보일 뿐이지만, 저 어둠 속에 숨어 있는 수백 명의 은둔자가 그를 주시하고 있을 것이다.

삐익―

그가 낮고 짧은 휘파람을 불자 저만치 어둠 속에서 하나의
그림자가 안개처럼 나타나더니 그를 향해 달려와 두 걸음 앞
에 멈추었다.

"문주, 무슨 일이오?"

그렇게 묻는 사람은 진검문 용검단주인 강정이다.

"다들 혈마루로 들어오라고 하시오."

"지금 공격하는 것이오?"

자정이 되려면 아직 시간이 조금 남았다. 강정은 공격이 조
금 빨리 진행되는 것이라고 생각했다.

"아니오. 도 대협이 혈마루 네 명의 당주를 죽이고 루주를
승복시켜서 수하로 삼으셨으니 싸움은 없어졌소. 무혈입성(無
血入城)이오."

싸움에서 싸우지 않고 승리하는 것이 최상의 승리인 것은
주지의 사실이다.

"에엣?"

조금도 예상하지 못했던 결과에 강정은 크게 놀랐다가 감
탄하는 얼굴로 고개를 끄떡였다.

"과연 도 대협이로군요. 굉장하오."

추형단은 자신이 칭찬을 받는 것처럼 의기양양했다.

"그러게 말이오. 나 역시 그런 일이 생길 것이라고는 상상
하지 못했었소."

혈마루주 중경의 방에 도무탄과 측근들을 비롯하여 방의 주인인 중경까지 모여 있다.

모두들 탁자에 앉아 있는데, 도무탄은 상석에, 그리고 앞쪽의 좌우에 독고기상과 독고용강, 추형단이 마주 보는 자세로 앉아 있으며, 중경은 말석에 앉았다.

독고기상 등은 지금껏 마도인과 한자리에 앉아본 적이 한 번도 없었다.

이것은 평소 같았으면 있을 수도 없는 일이지만 도무탄이 있기에 가능했다.

중경은 무영검가와 진검문을 비롯한 평곡현의 일곱 개 방, 문파의 고수 사백 삼십여 명이 혈마루 주위에서 공격 신호를 기다리고 있었다는 사실을 방금 전에 알고는 크게 놀라 저절로 몸서리가 쳐졌다.

그것은 아까 도무탄이 등룡신권이라는 사실을 알았을 때 느꼈던 놀라움과 공포하고는 조금 다른 성질의 것이다.

중경 자신의 결정 하나에 따라서 그 자신은 물론이고 혈마루 이백여 명 수하의 목숨이 오락가락했었다는 사실을 알고는 간담이 서늘하지 않을 수가 없다.

만약 도무탄의 말에 따르지 않았다면 중경 자신은 물론이고 수하들마저 한 명도 살아남지 못했을 것이라는 생각을 하자 모골이 송연해졌다.

　도무탄 혼자서도 혈마루를 쓸어버릴 능력이 충분하지만, 혈마루 바깥에 공격자 사백 삼십여 명이 대기하고 있었다는 사실이 훨씬 더 충격적이다.

　중경은 자신과 혈마루에게 재생(再生)의 기회를 준 도무탄에게 큰 고마움을 느꼈다.

　도무탄이 생각을 바꿈으로 인해서 이백여 명의 목숨을 살렸으니 고맙지 않을 수가 없다.

　잠깐 사이에 중경은 골수 마도인에서 등룡신권의 측근으로의 변신에 성공했다.

　아까 도무탄이 방에 들어서자마자 네 명의 당주를 죽였을 때 그냥 싸잡아서 중경마저 죽였다면 그냥 그것으로 끝이었을 터였다.

　도무탄은 그렇게 할 수도 있었지만 쌍방이 다 좋은 방법을 택했다.

　그래서 중경은 새로 모시게 된 주인이 매우 자비로우며 또 현명한 성품이라는 생각이 들었다.

　이윽고 추형단이 도무탄을 대신하여 중경에게 자신들이 밀운현에 온 목적을 말해주었다.

　"우린 밀운현의 맹도군인 혈마루가 장악하고 있던 세력권을 가지러 왔소."

도무탄은 선문답을 통해서 중경을 수하로 삼았을 뿐이지 자신이 이곳에 온 최종적인 목적에 대해서 구체적인 설명은 해주지 않았었다.

그러나 중경은 자신이 도무탄의 수하가 됨으로써 그런 사실을 이미 어느 정도는 예견하고 있었으므로 추형단의 말에 그다지 놀라지 않았다.

등룡신권이라는 엄청난 인물이 밀운현의 맹도군인 혈마루에 왔다면, 그래서 혈마루주를 수하로 거두었다면 그 목적이 무엇일는지는 어렵지 않게 추측할 수 있다.

"그것은 어려운 일이 될 것 같습니다."

말은 추형단이 했지만 중경은 정면 상석에 느긋하게 앉아 있는 도무탄을 우러르듯 바라보면서 대답했다.

도무탄은 가볍게 고개를 끄덕여 보이며 계속 말해보라는 시늉을 했다.

"사실 밀운현을 비롯한 인근 세력권 안의 방, 문파 대다수가 반골(反骨)입니다."

중경은 공손하면서도 씁쓸한 표정을 지었다. 주종 관계를 맺은 이후 첫 번째 명령인데 속 시원하게 실행하지 못할 것 같아서다.

지배자나 권력자에게 불복하여 반기를 들고 저항하는 자를 반골이라고 한다.

사실 중경은 자신이 맡은 세력권 내의 반골들 때문에 골머리를 썩고 있었다.

"현재 밀운현에서 저희가 완전히 장악했다고 확신하는 방, 문파는 전체의 삼 할 정도에 불과합니다. 나머지 칠 할이 골칫덩이죠."

도무탄은 빙그레 미소를 지었다. 중경이 말하고 있는 반골들의 의미에 대해서 잘 알고 있기 때문이다.

작년에 도무탄과 독고기상, 독고용강이 하북성 곳곳을 돌면서 설득하여 포섭한 방, 문파가 칠십여 곳이고 그 아래 군소방파까지 친다면 오백여 곳에 달했다.

그들이 도무탄에게 의기투합했던 이유는 소림사와 팔대문파, 소위 삼팔명문의 횡포에 항거하기 위해서였다.

도무탄의 설득에 포섭되기는 했지만 애당초 그런 마음이 없었으면 아무리 설득을 해도 소용이 없는 일이다.

그렇기 때문에 작년 중추절을 기해서 봉기하려고 했던 계획이 물거품이 되었고, 등룡신권이 죽었다는 소문이 기정사실화되었어도 그들의 본심, 즉 소림사와 삼팔명문에 대한 뿌리 깊은 불만과 원한은 사그라지지 않았던 것이다.

그래서 밀운현의 맹도군으로 임명된 혈마루에게 고분고분 복종하지 않는 것이다.

더구나 혈마루가 마도이기 때문에 더욱 그렇다. 절세불련에 굴복하는 것보다 마도에 굴복하는 것이 더욱 치욕스럽기 때문이다.

중경은 도무탄이 희미한 미소를 짓는 것을 보면서 의아한 생각이 들었다.

밀운현 세력권의 방, 문파 칠 할이 반골이라는 말을 듣고 눈살을 찌푸려도 모자랄 판국에 외려 미소라니 선뜻 이해가 되지 않았다.

도무탄은 고개를 끄떡였다.

"자넨 혈마루가 장악한 삼 할만 책임을 지게. 그건 할 수 있겠나?"

"그것만으로도 괜찮겠습니까?"

중경은 도무탄이 밀운현 세력의 삼 할만 장악하겠다는 것인지 의구심이 들었다.

도무탄은 미소를 지으며 독고기상과 독고용강에게 넌지시 부탁했다.

"밀운현의 반골들은 형님들께서 맡아주시겠습니까?"

"그러지."

두 사람은 흔쾌히 수락했다. 반골들 대부분은 예전에 한 번 포섭했던 방, 문파이니까 두 번 포섭하는 것은 어려운 일이 아니다.

그들에게 도무탄이 살아서 돌아왔으며 이제 또다시 모두

힘을 합쳐서 절세불련과 싸우자고 하면 쌍수를 들어 환영할 것이다.

중경은 도무탄과 독고기상, 독고용강을 보면서 그들의 대화에는 필시 자신이 모르고 있는 무언가가 있을 것이라고 짐작했다.

혈마루에게 복종하는 삼 할을 중경이 맡고, 혈마루에 저항하고 있는 반골 칠 할을 독고기상과 독고용강이 맡는다면 별다른 어려움 없이 밀운현의 세력권을 접수할 수 있을 것 같았다.

자정이 넘은 시각. 혈마루 대부분의 수하는 무슨 일이 일어났는지도 모른 채 깊은 잠에 빠져 있다.

"아까 마도대업이니 뭐니 하는 자네와 수하들의 대화를 얼핏 들었네만."

중경의 방에서의 대화는 도무탄에 의해서 다른 화제로 이어지고 있었다.

"들으셨습니까?"

아까 네 명의 당주는 중경에게 마도대업에 대해서 물었고 그는 그것에 대해서 말하던 중에 도무탄의 방문을 받았던 것이다.

"음. 그것에 대해서 말씀드리기 전에 마도가 일통되었다는 사실부터 아서야 합니다."

"마도가 일통을 해?"

도무탄으로서는 금시초문이다. '마도의 일통' 이라는 말에 그는 왠지 불길한 예감이 들었다.

그전에 '마도대업' 이라는 말을 들었기 때문일 것이다. '마도일통' 과 '마도대업' 은 같은 맥락의 말이며 같은 색채를 띠고 있다.

'마도의 일통' 이라는 말에 도무탄만 놀란 것이 아니다. 독고형제와 추형단도 전혀 뜻밖의 사실에 크게 놀란 얼굴로 중경을 쳐다보았다.

"삼 년 전에 수라전(修羅殿)이라는 마도방파가 처음 무림에 모습을 드러냈었습니다."

독고기상이 진중한 얼굴로 고개를 끄떡였다.

"강서성(江西省)에 그런 마도방파가 생겼다는 소문을 나도 들은 적이 있었소."

추형단이 말을 받았다.

"개파한 지 불과 일 년 만에 마도십파(魔道十派)에 들었을 만큼 대단한 기세였다고 들었소."

마도십파란 마도에서 가장 강하고 영향력이 있는 열 개의 파를 가리킨다.

매년 정초에 마도에서는 마도십파에 잔존하게 되거나 탈

락된 방파를 발표하는데, 지난 수십 년 동안 마도십파의 등락이 거의 변함이 없다가 이 년 전에 개파한 지 일 년밖에 안 된 수라전이 마도십파에 올랐다고 해서 무림에서 큰 반향을 불러일으켰던 적이 있었다.

중경은 조심스럽게 도무탄을 바라보며 말했다.

"수라전은 마도십파에 오른 이후 불과 반년 만에 마도구파를 굴복시켜서 수하로 삼았습니다. 그 일로 인해서 수라전은 명실공히 마도제일파(魔道第一派)가 되었습니다."

독고기상 등 세 사람은 크게 놀란 표정이고 도무탄은 무얼 생각하는지 심각한 얼굴이다.

"어째서 그런 엄청난 사실이 전혀 알려지지 않았는지 모르겠군."

"수라전이 마도구파를 수하로 삼아서 마도제일파가 됐다는 것은 마도를 일통시켰다는 것이나 같은 일이오."

중경은 마도의 비밀을 거침없이 폭로했다.

"마도제일파가 된 수라전은 마도의 일급 방파로 분류된 천육백여 방파를 반년 만에 굴복시켜서 완벽하게 마도를 일통시켰습니다. 그때 저희 혈마루는 자진해서 수라전의 휘하로 들어갔습니다. 수라전이 직접 손을 쓴 방파는 이 할 정도에 불과했으며 대부분 마도구파가 이끌었거나 스스로 굴복했습니다."

도무탄은 생각하고 있던 불길함이 점차 현실이 되어가고 있는 느낌이 들었다.

추형단은 크게 놀란 얼굴로 혀를 내둘렀다.

"마도의 일급 방파가 천육백여 개나 되다니… 굉장하군."

천하무림의 방, 문파들을 분류한다면 정파가 삼 할, 사파가 이 할, 마도가 일 할, 그리고 정, 사, 마 어디에도 속해 있지 않는 곳이 사 할이다.

정사마 어디에도 속하지 않은 소위 정사간의 방, 문파라고 하는 방, 문파의 사람 수가 가장 많고, 그 다음이 사파, 정파, 마도의 순이다.

사람 수로 마도는 정파의 삼 할 수준이고 사파에 비하면 일 할도 되지 않을 것이다.

말하자면 소속된 사람 수로만 논하면 마도가 가장 적다고 할 수 있다.

"정파와 사파의 일급 방파가 각각 칠천여 개와 사천여 개인 것에 비하면 많다고 할 수는 없습니다."

도무탄과 독고기상 등은 중경의 입을 통해서 비로소 정파, 사파의 일급 방파 수를 알게 되었다.

"개파 삼 년 만에 마도를 일통시킨 수라전의 다음 행보가 무엇이겠습니까?"

중경은 뻔한 질문을 도무탄에게 했다.

"무림일통인가?"

"그렇습니다."

"음. 그것이 마도대업이로군."

무림을 일통시키는 것. 즉, 정파와 사파, 정사간의 방, 문파들과 무림인 전체를 굴복시켜 그 위에 우뚝 서는 것이 수라전의 최종적인 목표였다. 이것은 그 누구도 예상하지 못했던 절대적인 복병이다.

"수라전주는 누군가?"

바로 이 시점에서 모두가 몹시 궁금하게 여기는 질문을 도무탄이 했다.

무림에는 수라전주에 대한 정보가 거의 없다. 아니, 어쩌면 관심이 없는 것인지도 몰랐다.

"잔도마룡입니다."

"아… 잔도마룡."

"그자가……."

잔도마룡이 천하오룡 중에 한 명이라는 사실을 모두 잘 알고 있다.

"잔도마룡은 마도일통을 이룬 이후에 수라마룡이라고 개칭했습니다."

중경은 잠시 호흡을 가다듬으면서 생각을 정리한 다음에 놀라운 사실을 털어놓았다.

독고기상은 무림에 대해서 잘 모르는 도무탄을 위해서 설명을 해주었다.

"잔도마룡은 천하오룡 중에 한 명일세."

추형단이 고쳐주었다.

"도 대협이 죽은 줄 알고 소림사 영능이라는 자가 천하오룡의 위에 올랐으니까 이제는 천하육룡(天下六龍)이라고 불러야 하오."

"그렇구려."

독고기상이 고개를 끄떡이고 나서 중경에게 물었다.

"마도대업에 대해서 구체적으로 설명해 보시오."

누가 묻더라도 중경은 언제나 도무탄을 바라보면서 공손히 대답했다.

"수라전이 무림에 심어놓은 맹도군의 수가 현재 도합 이백여 개입니다. 수라전의 일차적인 목적은 맹도군의 수를 점점 더 늘려 나가는 동시에 각 맹도군 세력권 내의 방, 문파들을 마도로 회유하는 것입니다."

"맹도군이 이백 개씩이나……."

모두들 크게 놀라는 모습을 보고 도무탄이 누구에게랄 것 없이 물었다.

"무림 전체에 맹도군이 몇 개나 되나?"

"그것까지는 모르겠네."

독고기상 등이 고개를 가로젓는 것을 보고 중경이 공손히 대답했다.

"총 칠백팔십여섯 개입니다."

대충 어림잡아서가 아니라 그는 정확하게 끝자리까지 알고 있었다.

"속하 정도쯤 되는 위치의 마도인들은 무림에 대해서는 거의 완벽하게 숙지하고 있어야 합니다."

중경은 자신을 처음으로 '속하'라고 칭했다.

"이 사실을 아무도 모른다는 말이지?"

"수라전 내에서도 구호법(九護法)을 비롯한 핵심적인 인물들과 이백여 맹도군, 그리고 그들의 측근들만이 알고 있을 뿐입니다."

마도 내에서도 그 정도로 비밀이라면 무림에서는 그 사실을 알고 있는 사람이 아무도 없다고 봐야 할 것이다.

"구호법은 마도구파의 수장을 말합니다. 그들은 수라전주 수라마룡의 아홉 명의 호법입니다."

도무탄은 굳은 표정으로 중얼거렸다.

"이건 정말 심각한 일이로군."

그의 첫 번째 계획은 절세불련으로부터 북경과 하북성을 탈환한 후에 동무림을 장악하는 것이다.

그러고 나서 남무림과 북무림을 차례로 수중에 넣은 후에

소림사가 있는 서무림을 외톨이로 만들어서 고사(枯死)시킨
다는 전략이다.

지금으로써는 거기까지만 생각을 해둔 상태다. 일단 그렇
게만 되면 일은 거의 다 됐다고 할 수 있다.

그런데 전혀 예상하지 않았던 수라전이라는 복병이 불쑥
나타난 것이다.

이것은 천하무림이라는 하나의 먹이를 놓고 세 마리 용이
쟁투를 벌이고 있는 상황이다.

절세불룡은 이미 무림을 장악했으며, 그것을 등룡신권과
수라마룡이 빼앗으려고 한다.

무림을 차지하려는 세 마리 용의 목적은 같지만 뜻하는 바
는 전혀 다르다.

절세불룡은 비뚤어진 사고방식으로 무림을 도탄에 빠뜨렸
으며, 수라마룡은 마도무림을 만들려는 것이고, 도무탄은 무
림을 바로잡으려고 한다.

도무탄이 심각한 표정으로 침묵을 지키고 있으니까 다들
입을 굳게 다물고 심각한 표정으로 생각에 잠겼다.

'이거 골치 아파졌는데?'

시간이 지날수록, 그리고 생각을 거듭할수록 도무탄의 미
간이 점점 더 찌푸려졌다.

'이렇게 되면 이쯤에서 발을 빼야 하는 것인가?'

그로서는 영능을 죽이고 뇌전팽가를 멸문시키는 정도로 복수를 마무리할 수 있다.

그런데 일이 걷잡을 수 없이 이렇게 커져 버린 이유는 순전히 무영검가 때문이다.

영능이 이끄는 무림추살대와 뇌전팽가가 무영검가를 멸문시켰기 때문에 도무탄으로서는 사위의 도리로 복수를 해주어야만 한다.

게다가 의협심과 정의감이라면 천하에 따를 자가 없는 장인 독고우현은 복수를 하는 것뿐만 아니라 이참에 도탄에 빠진 무림을 구하고 싶어 한다.

그것 역시 사위된 도리로 도무탄은 외면할 수가 없는 것이다.

그리고 그것을 이룰 수 있는 단 한 사람이 도무탄이다. 만약 그가 없다면 독고우현은 그런 원대한 꿈을 꾸기는커녕 자신의 복수조차도 하지 못할 터이다.

아니, 실제로 도무탄이 반년 동안 없었을 때 독고우현과 무영검가 백여 명의 생존자가 얼마나 비참한 생활을 영위하고 있었는가.

그나마 해룡방 외상단의 도움이 있었기에 평곡포구 무진운행에서 숙식이나 안전에 큰 위협을 받지 않고 견딜 수가 있었다.

'이것은 쉽게 결정할 문제가 아니다.'

지금 계획대로 밀고 나간다면 도무탄은 영능의 절세불련만이 아니라 수라마룡이 이끄는 마도 전체하고도 싸워야만 할 것이다.

절세불련 하나만으로도 벅찬 상황에 수라마룡의 마도까지 적이 된다면 이 싸움은 해보나 마나다.

도무탄은 이제 겨우 평곡현과 밀운현 두 개 현을 장악하려는 상황이다.

세력으로나 보유하고 있는 고수의 수로나 절세불련, 수라전하고는 비교 자체가 어불성설이다.

'좀 더 생각해 봐야겠다.'

그는 일단 생각을 접고 독고기상과 독고용강에게 밀운현내 반골 칠 할을 포섭하는 일을 잠시 보류하라고 말했다.


           *       *       *


도무탄은 새벽이 오기도 전에 독고기상과 독고용강, 추형단, 그리고 사백삼십여 명의 고수를 모두 이끌고 다시 평곡현으로 돌아왔다.

밀운현은 혈마루에게 맡겨두었다. 도무탄은 혈마루주 중경이 자신의 사람이 됐다고 믿었으나 설혹 그가 배신을 한다고 해도 어쩔 수가 없다는 생각이다.

전혀 예상하지 못했던 수라전의 출현으로 인해서 계획을 잠정적으로 잠시 중지한 마당에 혈마루까지 신경을 쓸 겨를이 없다는 것이 솔직한 심정이다.

혈마루주 중경은 도무탄이 수라전에 대해서 알게 된 후에 적잖이 충격을 받고 서둘러 평곡현으로 돌아간 이유를 대충 짐작할 것이다.

그런데도 그가 도무탄을 믿고 기다려 줄 것인지는 지금으로썬 미지수다.

더구나 그가 도무탄의 수하가 된 것은 생명의 위협을 받았기 때문이었다.

그러나 이제 도무탄이 다 싸말아서 평곡현으로 되돌아갔으니 중경으로썬 다시 원점에 선 것이다.


무영검가 사람들이 거처로 삼고 있는 무진운행의 장원 안 깊은 곳.

넓은 실내에는 도무탄과 독고우현을 비롯하여 무영검가와 진검문의 주요 인물들이 가득 모여 있다.

모두 모이라고 한 이유는, 현재 당면한 문제가 불과 몇 명이서 방 안에 둘러앉아 속닥거리다가 결론을 내릴 사안이 아니기 때문이다.

독고기상이 밀운현에서 혈마루주 중경에게 들었던 내용을 모두에게 자세히 설명하는 동안 좌중은 바늘 떨어지는 소리마저 크게 들릴 정도로 고요했다.

그다지 긴 얘기가 아니라서 몇 가지 부연 설명까지 마치는 데 일각이면 충분했다.

얘기가 끝났을 때 독고우현을 비롯하여 무영검가의 무영칠숙과 무영삼보 중에서 생존한 네 명, 특검대주를 비롯한 세 명의 검대주, 그리고 진검문의 삼검단주들은 경악과 불신의 표정을 지으며 아무 말도 하지 못했다.

어느 누구도 마도 수라전의 등장을 예상하지 못했었기에 놀라움은 클 수밖에 없다.

도무탄은 모두에게 잠시 생각할 여유를 주고 나서 이윽고 조용한 목소리로 말문을 열었다.

"원래 우리가 세웠던 계획대로 밀고 나간다면 우리는 절세불련을 마주치기 전에 마도 전체와 맞부딪치게 될 것입니다. 그리되면 절세불련과 마도, 두 개의 거대한 적을 동시에 상대해야 합니다."

모두들 극도로 긴장하여 도무탄을 주시한 채 숨소리조차 내지 않았다.

진지한 표정의 도무탄은 모두를 한 사람씩 차례대로 쳐다보고 나서 말했다.

"계획대로 할 것인지, 아니면 다른 방법을 택할 것인지 저혼자 결정을 내릴 상황이 아닙니다."

한 사람씩 쳐다보기가 끝나자 그는 마지막으로 시선을 독고우현에게 주고 공손한 자세를 취했다.

"아버님과 여러분께서 결정을 내리시면 저는 그대로 따르겠습니다."

그는 말을 끝내고 뒷걸음쳐서 물러났다. 그가 생각해도 이 방법이 제일 좋을 것 같았다.

독고우현 혼자 의자에 앉아 있으며 도무탄과 다른 사람들은 그 앞쪽 좌우에 서로 마주 보는 자세로 늘어서 있다.

"다수의 결정에 따르겠다는 것인가?"

잠시 후에 독고우현이 진중하게 묻자 도무탄은 고개를 가로저었다.

"아닙니다. 아버님의 결정에 따르겠다는 뜻입니다."

독고우현은 필경 모두의 의견을 수렴하고 나서 결정을 내릴 것이다. 그러므로 그의 결정은 곧 모두의 결정이라고 할 수 있다.

그러나 독고우현은 모두에게 의견을 물어보지 않았다. 그 대신 우려 어린 표정으로 도무탄을 쳐다보았다.

"나는 자네가 걱정이네."

"무엇을 말입니까?"

"자네에겐 무림에 대한 정의감이나 의협심 같은 것이 없는 것 같은데 내 말이 맞는가?"

부끄러운 얘기지만 도무탄은 무림에 대해서 그런 마음이 전혀 들지 않았다.

무림이라는 곳을 알게 된 지 얼마 안 되는 그가 정의감과 의협심을 거론한다면 오히려 그게 웃기는 일이다. 그런 마음은 억지로 짜낸다고 생기는 게 아니다.

"그렇습니다. 저는 그런 것을 모릅니다."

"자넨 순전히 나와 무영검가를 위해서 이 일을 하려는 것이 아닌가?"

"그렇습니다. 아버님께서 원하신다면 저는 무슨 일이라도 망설이지 않고 할 것입니다."

도무탄은 거짓말하고 싶지 않아서 솔직히 말했다.

독고우현은 복잡한 표정을 떠올렸다.

"자네와 두 딸의 장래를 생각한다면 나는 이 일을 그만두어야만 하네."

도무탄은 묵묵히 듣기만 했다.

"그렇지만 도탄에 빠진 무림을 생각하면 반드시 절세불련과 수라전을 괴멸시켜야만 하네."

독고우현은 무영검가가 당했던 것에 대한 복수를 해야 한다는 말을 하지 않았다.

복수보다는 무림의 안위가 우선이라는 뜻일 거라고 도무탄은 생각했다.

"지금처럼 어지러운 세상에서 아무것도 하지 않고 살아간다면 우린 날마다 후회를 하면서 죽을 때까지 괴로움에 몸부림칠 게야."

독고우현은 '나'라고 하지 않고 '우리'라고 말했다. 그러나 도무탄은 그가 말한 '우리'에 자신은 포함되지 않았을 것이라는 생각이 들어 조금 쓸쓸해졌다.

그러나 어쩔 수 없다. 독고우현과 무영검가 사람들은 의협심이나 정의감으로 똘똘 뭉쳐서 '우리'라는 범주에 속해 있지만 도무탄은 그렇지 않기 때문에 이런 일시적인 소외감은 감수할 수밖에 없다.

"어쨌든 이 일은 아버님께서 결정하십시오. 그럼 저는 따르겠습니다."

"우린 이미 결정했네."

독고우현은 말하고 나서 고개를 가로젓고는 추형단과 삼검단주를 쳐다보았다.

"우리라는 것은 무영검가일세. 아직 진검문의 의견을 듣지 않았군."

추형단은 생각할 것도 없다는 듯 즉시 대답했다.

"저희는 일전에 도 대협에게 드린 약속과 변한 것이 조금도 없습니다."

그때 추형단은 도무탄, 무영검가, 그리고 하북성의 뜻있는
방, 문파, 무림인들과 합심하여 소림사를 비롯한 삼팔명문과
싸우기로 약속했었다.

독고우현은 무영검가 사람들의 의견은 묻지 않았다. 하지
만 도무탄은 독고우현이 그들을 무시해서가 아니라 그들의
의지 역시 변함이 없기 때문이라는 사실을 깨달았다.

도무탄은 독고우현을 비롯한 이곳에 있는 모든 사람이 서
로 일맥상통하고 있다는 것을 느꼈다.

하지만 도무탄은 그들 마음속에서 맥맥하게 흐르고 있는
그것이 무엇인지 어렴풋하게도 느껴지지 않았다.

그것은 아마도 의협심이나 정의감 같은 것이겠지만, 도무
탄에게는 아직 그런 것이 없다.

도무탄을 지배하고 있는 것은 아직은 감정이기 때문이다.
그래서 가족이면서도 동질감을 느끼지 못하고 겉돌고 있는
것이다.

어쨌든 도무탄을 제외한 이곳에 있는 모든 사람의 의견이
하나로 모아졌다.

상대가 절세불련이 됐든 수라전이 됐든 아니면 둘 다라고
해도 계속 싸우자는 것으로 결론이 났다.

도무탄은 앞으로 한 걸음 나서 독고우현을 향해 우뚝 서서

말했다.

"결정이 났으니까 저는 아버님의 명을 받들어 앞으로도 계속 싸우겠습니다."

독고우현은 안타까운 표정을 지었다.

"자네는 무엇을 위해서 싸우려는 것인가?"

도무탄은 빙그레 미소 지었다.

"가족을 위해서입니다."

그는 가족이야말로 의협심이나 정의감보다 더 소중하게 지켜야 할 그 무엇이라고 믿었다.

# 第八十章

이제부터 복수다

등롱기

무림에서 도무탄은 이미 반년 전에 절세불룡 영능에게 죽은 사람으로 되어 있다.

그렇기 때문에 예전하고는 달리 북경성의 번화한 거리에서도 등룡신권 도무탄을 찾아내려고 혈안이 된 눈들을 찾아보기는 어려웠다.

또한 도무탄의 진면목은 거의 알려져 있지 않기 때문에 그는 수염을 기르지 않은 맨 얼굴로 북경성에 들어왔다.

오늘 그는 청의 유삼을 입었다. 딱히 즐겨서 입는 옷이 없는 그는 손에 닿는 대로 아무 것이나 입는다.

사람들은 북경성 거리에 키가 훤칠하게 크고 허여멀끔하게 준수한 청년이 나타났다고 수군거리면서 시선을 줄 뿐이지, 그가 한때 세간을 떠들썩하게 만들었던, 그리고 이미 죽은 것이 기정사실로 굳어버린 등룡신권일 것이라고는 꿈에도 알지 못했다.

도무탄은 유유자적 거리를 걸으면서 주위를 느긋하게 둘러보았다.

사실 그는 북경성에 온 목적이 두 가지다. 첫째는 뇌전팽가를 응징하여 동무림을 수중에 넣는 것이고, 둘째는 개방에 대해서 자세히 알아보려는 것이다.

뇌전팽가를 손보는 것은 밤에 할 일이라서 지금은 개방에 대해서 좀 알아보려고 한다.

도무탄은 우선 거리를 걸으면서 개방 제자를 찾아보고 있는 중이다.

개방 제자들이 입은 옷을 보면 지위를 알 수 있으므로 되도록 높은 지위의 개방 제자를 찾으려고 했으나 좀처럼 눈에 띄지 않았고, 최하 말단인 백의개(白衣丐)나 기껏해야 일결, 이결제자들만 보였다.

최소한 사결제자 이상이어야만 개방의 간부급이라고 할 수 있으며 개방의 돌아가는 사정에 대해서 어느 정도 알고 있을 터이다.

도무탄은 반 시진 정도 거리를 돌아다니면서 개방 제자를 찾았으나 허탕만 쳤다.

하지만 한 가지 소득은 있었다. 그가 맨얼굴로 돌아다녀도 알아보는 사람이 없다는 사실이다.

결국 그는 신분이 높은 개방 제자를 찾는 일을 포기했다. 개방 총타에 직접 찾아가 볼까도 생각해 봤으나, 개방에 대해서 전혀 모르고 있는 상황이라서 무턱대고 찾아갔다가는 좋지 않을 것 같았다.

그 자신은 별문제가 없겠으나 개방이 피해를 입을 수도 있기 때문이다.

그는 일단 연지루로 갔다가 밤에 뇌전팽가에 가기로 마음을 먹고 북해 쪽으로 방향을 잡았다.


북경성에서 아무도 그를 알아보지 못한다는 도무탄의 생각은 착각이었다.

그가 북해로 방향을 잡고 한참 걸어가고 있을 때 뒤쪽에서 다가온 누군가 그에게 전음을 보낸 것이다.

[도 대협, 지금 중해(中海) 송림으로 오십시오.]

도무탄이 걷다가 자연스럽게 뒤돌아보자 한 명의 거지, 즉 개방 제자가 뒷모습을 보인 채 저만치에서 구걸을 하는 체하면서 멀어지고 있었다.

개방 제자는 그를 정확하게 '도 대협'이라고 칭했으니 그를 알아봤다는 것이다.

도무탄은 저절로 실소가 났다. 그가 애써 개방 제자를 찾아다닐 필요가 없이 그들이 그를 찾아왔기 때문이다.

그는 북해로 가는 길이었기 때문에 계속 북쪽으로 걷다가 서안문(西安門) 조금 못 미쳐서 북해와 중해 사이의 틈을 지나 송림으로 향했다.


스사아아…….

드넓은 송림 안을 한여름의 후덥지근한 바람이 한 차례 길게 휩쓸고 지나갔다.

도무탄은 중해 호수를 등지고 조금씩 더 깊게 송림 안으로 걸어 들어갔다.

조금 전처럼 사람이 많은 거리에서는 자신에게 접근하는 사람에게 무관심할 수밖에 없어서 개방 제자가 접근하는 것을 알아채지 못했다.

하지만 누군가 그를 죽이려고 접근했다면 그 즉시 살기를 감지했을 것이다.

이곳 송림은 꽤 넓지만 그는 송림 안에 적어도 십여 명이 여기저기에 흩어져 있는 것을 감지했다.

그렇지만 그들 중에 가장 가까이에 있는 한 명만 호흡과 심장박동이 불규칙했으며 다른 사람들은 정상적이었다. 즉, 다른 사람들은 관계없는 사람이라는 뜻이다.

불규칙한 호흡과 심장박동 소리를 내는 사람은 도무탄이 있는 곳에서 십오 장쯤 거리의 어느 나무 뒤에 숨어 있으며, 매우 익숙한 숨소리다.

도무탄은 그 사람이 숨어 있는 나무쪽으로 걸어가면서 읊조리듯 조용히 말했다.

"방개, 자넨가?"

슥…….

그러자 도무탄이 주시하고 있는 나무 뒤에서 한 명의 청년이 모습을 드러냈다.

도무탄이 예상했던 대로 그는 군림방개였으나 옷차림이 개방 제자의 그것이 아니라 평범하면서도 허름한 옷을 입은 모습이다.

"무탄……."

도무탄이 보니까 군림방개는 매우 초췌한 모습이며 도무탄을 발견하고 반가운 표정을 지으며 뛰듯이 걸어오고 있는데 눈물을 흘리고 있다.

"무탄!"

도무탄은 반가운 마음에 그의 손을 잡으려는데 그가 와락 품에 안기면서 격한 목소리로 그의 이름을 불렀다.

도무탄은 엉겁결에 군림방개를 안았는데 그는 품에 안겨서 흐득이며 낮게 오열을 했다.

"방개……."

도무탄은 적잖이 놀라서 무슨 말을 하려다가 그냥 그를 품에 안고 등을 토닥여 주었다. 그동안 군림방개는 고생이 심했던 모양이다.


도무탄은 군림방개를 데리고 연지루로 왔다.

아직 영업을 하지 않는 시간이라서 들어가는 데 조금 애를 먹다가 기회를 봐서 몰래 잠입에 성공하여 꼭대기 연지상계로 올라갔다.

"여보!"

"탄 랑!"

독고지연과 독고은한은 오랜만에 돌아온 도무탄을 보자마자 달려들어 안기며 비명을 질렀다.

조용하던 연지상계는 도무탄이 돌아옴으로써 다시 활기를 찾았다. 마치 연지상계가 오랫동안 잠을 자다가 깨어난 것 같았다.

보화와 소진, 소화랑, 궁효, 해룡야사 막야와 막사 등도 나와서 환한 얼굴로 서둘러 인사를 했다.

조금 전 송림에서 도무탄 품에 안겨 펑펑 울었던 군림방개는 언제 울었느냐는 듯 모두와 웃으면서 반갑게 인사를 나누었다. 이런 걸 보면 군림방개는 감성이 풍부하면서도 단순한 성격이다.

도무탄은 독고예상이 보이지 않는 것이 마음에 걸렸다.

"언니는 어디에 있느냐?"

"무공연마해요."

"언니는 거의 밥도 안 먹고 무공연마에만 빠져 있어요."

독고예상은 예전 도무탄이 무공연마를 하던 지하 밀실에서 무공연마를 한다는 것이다.


"어떻게 된 일인가?"

방으로 들어간 도무탄은 자리에 앉기도 전에 군림방개에게 물었다.

"휴우… 말도 말게."

군림방개는 맞은편에 앉으면서 오만상을 찌푸리며 손을 내저었다.

"다섯 달 전에 놈들이 사부님을 제압해서 뇌전팽가 뇌옥에 감금했네."

"놈들이라니?"

"우라질! 그런 짓을 할 놈들이 소림사 땡중들과 오대문파 말코 도사놈들 말고 누가 있겠나?"

절세불룡 영능은 개방이 도무탄의 눈과 귀 노릇을 했었다
는 사실을 알고는 즉각 조치를 취했다.

개방주 신풍협개를 제압해서 뇌전팽가 뇌옥에 감금하고,
개방삼로 중에 한 명을 새로운 방주로 삼았다.

그게 다가 아니다. 새로운 방주인 철장협개(鐵杖俠丐)의 몸
에 금제(禁制)를 가해서 허수아비로 만들어 버렸다. 다른 짓
을 하지 못하게 하려는 의도다. 그리고 전대 방주인 신풍협개
의 측근을 죄다 수천 리 멀리 떨어진 여러 분타로 분산해서
쫓아버렸다.

전대 방주의 제자인 군림방개도 무사할 리가 없다. 그는 사
부가 뇌전팽가에 감금되자마자 제일 먼저 멀찌감치 떨어진
항주분타로 쫓겨났었다.

개방은 존재하기만 했지 허수아비다. 뇌전팽가와 절세불
련에서 파견된 고수들이 제 맘대로 휘젓고 있다.

군림방개는 항주분타에서는 좀이 쑤셔서 도저히 가만히
있을 수가 없어서 위험을 무릅쓰고 항주를 떠나 쉬지 않고 북
상하여 며칠 전에 북경성으로 돌아온 것이다.

하지만 감시를 당하고 있는 개방 총타에는 근처에도 가지
못하고 북경성 내에서 개방 제자들을 만나서 이것저것 물어
서 저간의 사정의 조금 알아냈다.

그리고는 개방 제자들이 주선해 준 곳에서 며칠째 숨죽여

지내고 있는 중이었다.

그러던 중에 도무탄과 재회를 했으니 말라서 죽어가던 물고기가 물을 만났다고 할 수 있다.

군림방개는 마치 아버지에게 고자질하는 아이처럼 미주알고주알 다 일러바쳤다.

"영능이 뇌전팽가에 소림무승 세 명과 오대문파의 고수를 다섯 명씩 이십오 명을 두고 갔네."

"개방을 감시하자는 건가?"

"염병할! 놈들이 개방만 감시하려고 그렇게 많은 인원을 상주시켰겠나?"

군림방개는 툴툴거렸다.

"뇌전팽가에 상주하면서 동무림 전체를 감시하려는 수작이겠지. 영능이라는 놈은 뇌전팽가도 믿지 못하는 게야."

"그런 것이었군."

"개방 제자들의 말에 의하면 그놈들은 돌아가면서 몇 명씩 하루가 멀다 하고 개방 총타에 들러 온갖 트집을 잡으면서 철장 사숙과 개방 형제들을 들들 볶는다는 거야."

제자의 수로는 천하제일의 대방파라고 할 수 있는 개방이라고 해도 그런 수모를 순순히 당할 수밖에는 도리가 없었을 것이다.

북경성에는 동무림의 지존으로 군림하는 동군주 뇌전팽가

가 있기 때문이다.

뇌전팽가 휘하에는 네 개 성 백칠십칠 개의 맹도군과 그 아래 수천 개의 방, 문파가 버티고 있다.

그러므로 설혹 개방이 뇌전팽가를 급습해서 멸문시킬 수 있다고 해도 뒷감당을 하지 못하기 때문에 절대로 무사할 수가 없는 것이다.

더구나 뇌전팽가 뒤에는 괴물의 몸통이라고 할 수 있는 절세불련이 버티고 있다.

그것은 개방이 까딱 잘못 판단해서 행동을 했다가는 이래저래 죽은 목숨이라는 뜻이다.

"현 방주도 금제를 당했다는 것이냐?"

"그렇다는 거야. 소림사의 특수한 점혈수법을 전개했기 때문에 금제를 풀려고 시도만 해도 칠공에서 피를 쏟으면서 극도의 고통을 겪게 되고 심하면 목숨을 잃는다는 거야. 실제로 철장 사숙께서 금제를 풀려고 한 번 시도했다가 주화입마에 드실 뻔했다는군."

군림방개는 분을 참지 못하고 주먹을 꼭 쥐었다 폈다 반복하며 씨근거렸다.

"개새끼들! 개방을 동네 하오문처럼 멋대로 휘젓다니 절대로 용서하지 않을 거다!"

군림방개는 도무탄을 만난 것이 세상을 다 얻은 것처럼 기세등등했다.

그러다가 그는 자기 혼자서 흥분하여 떠들었다는 사실을 깨닫고 멋쩍은 얼굴로 도무탄을 쳐다보았다.

"그런데 자넨 어떻게 된 거야?"

도무탄은 싱긋 미소 지으며 두 팔을 벌려 양쪽에 앉아 있는 독고지연과 은한의 어깨를 감싸 안았다.

"보다시피 건재하네."

설명을 하자면 길어지니까 대충 얼버무렸다.

군림방개는 헤벌쭉 웃었다. 그는 도무탄이 어떻게 해서 살아났는지는 궁금하지 않았다. 다만 그가 멀쩡하게 살아 있다는 사실이 중요했다.

"영능 같은 자식이 무슨 수로 자넬 죽이겠나? 나는 자네가 무사할 거라고 굳게 믿었지."

도무탄은 손을 뻗어 군림방개의 어깨를 가볍게 두드렸다.

"염려 말게. 다 잘될 거야."

독고지연이 배시시 미소 지으며 상냥한 얼굴로 군림방개에게 권했다.

"방개, 당신은 무척 피곤해 보이니까 우선 목욕을 하고 잠시라도 쉬도록 해요."

"그보다 술이나 한잔……."

독고지연은 발딱 일어나서 두 손을 가느다란 허리에 얹으며 싸늘하게 쏘아붙였다.

"방개, 네가 지금 경주(慶酒)는 마다하고 벌주(罰酒)를 마시겠다는 것이냐?"

예전에 군림방개는 무림에서 가장 아름답다고 소문이 난 무영검가의 세 딸의 얼굴을 감히 쳐다보지도 못했었다.

"아… 아니오. 시키는 대로 하겠소."

그는 금세 고개를 숙이고 절절 기었다.

독고지연은 언니 독고은한에게 눈짓을 보내고는 두 여자가 도무탄의 양팔을 잡고 문으로 향했다.

"여보, 긴히 드릴 말씀이 있어요."

도무탄은 그녀들이 왜 이러는지 짐작한다. 오랜만에 만났으니까 군림방개가 목욕을 하고 쉬는 동안 셋이서 뜨거운 육체의 상봉을 하자는 뜻이다.

"그래? 무슨 얘긴지 궁금하군."

도무탄이 흐뭇하게 미소를 지으며 그녀들에게 끌려가는데 뒤에서 군림방개의 볼멘소리가 들렸다.

"무탄, 무슨 얘길 했는지 이따가 꼭 얘기해 줘."

독고지연이 발끈해서 도무탄을 독고은한에게 맡기고 군림방개에게 갔다.

"언니, 먼저 가요. 내 저놈을 죽이고 곧 뒤따라갈게."

군림방개는 의자에서 뛰어내려 바닥에 납작하게 엎드리며

두 손을 비볐다.

"마님, 소인은 세 분께서 무슨 얘기를 나누는지 조금도 궁금하지 않습니다요."

척—

도무탄은 독고지연과 독고은한 두 아내와 반 시진에 걸쳐서 격렬한 정사를 나누고 나서 땀에 흠뻑 젖은 모습을 하고 방에서 나왔다.

"어?"

그런데 문 밖에 독고예상이 오도카니 서 있는 것을 발견하고 가볍게 놀랐다.

그녀는 몸에 찰싹 달라붙은 날렵한 적색 경장 차림에 어깨에는 검을 멘 모습인데 지하 밀실에서 무공연마를 하고 올라온 듯했다.

그녀는 도무탄을 빤히 바라보고 있다가 그가 무슨 말을 하기도 전에 손을 덥석 잡고는 어딘가로 이끌었다.


독고예상은 도무탄을 데리고 자신의 방으로 들어가더니 방 한가운데 그와 두 걸음 거리에 마주서서 착잡한 표정으로 다짜고짜 말문을 열었다.

"나 더럽지?"

"그게 무슨 소리요?"

"말 놔. 무탄은 그럴 자격 있어."

"알겠소."

"또."

"알았다."

독고예상은 똑같은 말을 조금 풀어서 다시 물었다.

"나 뇌전도수 열 명에게 짓밟힌 몸이야. 한 명이 세 번씩 했으니까 삼십 번 짓밟혔을 거야. 그렇기 때문에 날 더럽다고 생각하는 거지?"

도무탄은 그녀가 어째서 갑자기 아픈 과거를 들춰내는 것인지 듣고 있기가 안쓰러웠다.

그녀가 왜 이러는지 이유를 짐작조차 하지 못해서 도무탄의 표정이 굳어졌다.

"말도 안 되는 소리."

사실 그는 독고예상이 더럽다는 생각은 추호도 해본 적이 없었다.

그녀가 뇌전도수 열 명에게 강간을 당한 것은 제압을 당한 상황이었기 때문에 불가항력이었다.

그래서 도무탄은 그녀가 강간을 당했다는 사실 자체가 무의미하게 여겨졌다.

그에게 그녀는 예나 지금이나 변함없이 어여쁜 처형일 뿐이다. 머리카락이 눈부신 백발로 변하기는 했으나 오히려 그게 그녀를 더 아름답게 만들어주었다고 생각했다. 그녀의 그런 모습에서는 추악한 놈들에게 강간을 당했던 흔적 따윈 찾아볼 수가 없다.

"처형."

"이름 불러."

"상아, 나는 네가 짓밟혔다는 생각 한 번도 해본 적이 없다. 너는 언제나 변함없이 예쁜 처형일 뿐이다."

"정말이야?"

그를 말끄러미 올려다보는 그녀의 커다란 두 눈에 눈물이 가득 고였다.

"정말이잖고."

"나 무탄이 사랑해."

"상아……"

그녀의 기습적인 고백에 도무탄은 흠칫 놀랐다.

"처음부터 사랑했었다는 그런 싸구려 얘기는 아니고……. 뇌전팽가에서 날 구해준 다음부터 널 사랑하기 시작했어. 그럴 수밖에 없었어. 그런 상황이었는데… 내가 세상에서 어떤 남자를 사랑할 수가 있겠어? 나를 구해주고 날 이해해주는 남자는 너 하나뿐이야. 내겐 무탄이 네가 전부야. 내 목숨보다 더 소중하고……."

그녀는 자신의 속마음을 숨도 쉬지 않고 와르르 쏟아냈다.

도무탄이 그녀를 구해준 그 순간부터 그녀에게 그는 매우 특별한 사내가 되었다.

어느 누구도, 설사 부모형제라고 해도 그 자리를 대신할 수는 없다.

도무탄은 뇌전팽가에서 그녀를 구하는 과정에, 그리고 치료를 하거나 호호백발 노파가 된 모습을 옛 모습으로 환원시키면서 그녀의 모든 것을, 특히 몸이라면 구석구석 훤하게 알게 되었다.

설사 연인이나 남편이라고 해도 그렇게까지 잘 알고 있지는 못할 것이다.

"너는 날 사랑하지 않겠지?"

"그건……."

그녀의 도발은 계속되었고, 도무탄은 대답하지 못하고 우물거렸다.

그런 것은 한 번도, 그리고 찰나지간도 생각해 본 적이 없었기 때문이다. 독고예상은 그저 처형일 뿐이다.

"그렇다면 이제부터 생각해 봐. 날 사랑할 수 있을지……. 하지만 동정은 싫어."

그녀는 그 말을 끝으로 도무탄의 뒤쪽으로 가더니 문을 향해 등을 밀었다.

"이제 가봐."

앞에 있던 그녀가 뒤로 걸어갈 때, 도무탄은 그녀가 눈물을 흘리는 것을 보았다.

탁……

복도로 나온 도무탄의 등 뒤에서 문이 닫혔다. 그는 움직이지 않고 그 자리에 한참이나 서 있었다.

그리고 어떤 생각이 그의 뇌리를 스쳤다. 만약 그가 그녀의 사랑을 거부하면 그녀가 어떤 결정을 내릴지 저절로 짐작이 됐다.

비참해져서 스스로 목숨을 끊든가 아니면 그의 곁을 영원히 떠날 것 같았다.

\*         \*         \*

"총타에 뇌전도수 다섯 명이 상주하고 있네."

개방 총타가 가까워 오자 군림방개가 중얼거리고 나서 오만상을 찌푸렸다.

"개방 총타를 감시하라고 보냈다는데 그놈들이 총타에서 제일 좋은 방 여러 개를 차지하고 들어앉아서 매일 이것저것 꼬투리를 잡고 뭐를 가져와라, 이걸 해라, 저걸 해라는 등 아주 상전 노릇을 하는 터에 다들 배알이 뒤틀려서 죽으려고 하네."

"죽이라고 하게."

"엉?"

"그놈들 죽이라는 말일세."

뚝.

군림방개는 화들짝 놀라서 걸음을 뚝 멈추고는 도무탄을 쳐다보았다.

"어쩔 셈이야?"

"나는 조만간, 어쩌면 오늘 밤에 뇌전팽가를 짓이기고 나서 동무림을 장악할 거네."

"그… 그렇다는 말이지?"

군림방개는 흥분해서 눈을 크게 뜨고 콧구멍을 벌렁거리며 뜨거운 콧김을 내뿜었다.

"우… 우리 개방을 구해줄 건가?"

"당연하지."

지금 개방이 어떤 상황에 처해 있는지 염탐을 하러 가는 길이라고만 알고 있었던 군림방개는 도무탄이 미소 지으며 고개를 끄떡이는 걸 보고 왈칵 뜨거운 눈물을 쏟으며 그의 손을 잡았다.

"고맙다. 정말 고맙다. 친구야……!"

그러더니 그의 손을 놓고 총타 쪽으로 냅다 달려갔다.

"방개, 어디 가는 겐가?"

"그놈들 내 손으로 죽이러 가는 거야!"

군림방개의 목소리는 더 멀리에서 들렸다.


잠시 후 도무탄이 개방 총타에 도착했을 때 총타 앞마당에
다섯 구의 시체가 나란히 눕혀져 있었다.

시체는 뇌전도수들이고 개방 총타에 상주하면서 사사건건
그들을 괴롭혔던 자들이다.

그들은 하나같이 온몸이 잔인하게 난도질을 당한 처참한
모습이었다.

개방 제자들이 그만큼 그들에게 분노했다는 뜻이다. 자신
들이 당한 것 이상으로 앙갚음을 해준 것이다.

군림방개와 그를 도와서 뇌전도수들을 죽인 이십여 명의
청년 개방 제자가 그 주위에 둘러서서 의기양양하고 통쾌한
표정을 짓고 있었다.

그리고 새로 방주가 된 철장협개와 두 명의 장로, 개방의
나이 든 사람들은 당황하고 놀란 표정으로 어쩔 줄 모르고 서
있었다.

항주분타로 추방을 당한 군림방개가 느닷없이 나타나더니
혈기방장한 청년 개방 제자들을 모아놓고 뭔가 수군거리다가
일을 저질러 버린 것이다.

철장협개나 장로들은 미처 제지할 겨를조차 없었다. 정신

을 차렸을 때에는 이미 일이 끝나 버린 상황이었다.

엄청난 일을 저지른 군림방개는 한마디로 이 모든 상황을 정리했다.

"저기 누가 오고 있는지 보십시오."

철장협개를 비롯하여 모두들 군림방개가 가리킨 방향을 의이한 얼굴로 쳐다보았다.

그리고 그곳에서는 늠름한 모습의 도무탄이 이쪽으로 천천히 걸어오고 있었다.

"등룡신권……."

누군가의 입에서 신음 같은 중얼거림이 새어 나왔고, 곧 무지개 같은 희망이 모두의 가슴에서 피어났다.


개방 총타 방주의 거처에 도무탄과 철장협개, 군림방개, 그리고 두 명의 장로가 함께 있다.

도무탄은 소림사의 특수한 점혈수법으로 금제를 당한 철장협개를 의자에 앉히고 자신은 그를 정면으로 마주 보면서 앉아 그의 한쪽 손목을 잡고 있다. 내력으로써 그가 당한 금제를 풀어주려는 것이다.

그는 철장협개가 어떤 금제에 당했는지 알지 못하고 구태여 알 필요도 없다.

그가 행하는 수법은 체내의 잘못된 것들을 원상회복시키

는 것이다.

그것은 마구 헝클어져서 도저히 쓸 수 없게 돼버린 실타래를 푸는 것과 비슷한 일이다. 금제를 엉킨 실타래라고 하면 그는 그것을 풀어주는 것뿐이다.

그러나 지켜보고 있는 두 명의 장로는 초조하면서도 왠지 미덥지 않은 표정들이다.

철장협개가 스스로 금제를 풀려고 시도했던 적이 있었는데, 주화입마에 들어서 죽음 직전까지 갔었던 쓰라린 경험이 있기 때문이다.

도무탄은 철장협개의 손목을 잠시 잡고 있다가 이윽고 손을 거두었다.

그가 철장협개의 손목을 잡고 있었던 시간은 기껏해야 다섯 호흡 정도였다.

그러니 그 짧은 시간에 철장협개의 금제를 풀었을 것이라고 생각하는 사람은 아무도 없었다.

그래서 군림방개와 장로들, 그리고 철장협개까지도 도무탄이 맥을 짚어보고는 치료가 불가능하다고 판단했을 것이라고 짐작했다.

도무탄은 덤덤한 표정으로 자신을 응시하고 있는 철장협개에게 미소를 지으며 말했다.

"운공을 해보십시오."

"무… 슨 소린가?"

"금제를 풀었으니까 운공을 해보시라는 겁니다."

"에엣?"

"무, 무슨 소린가?"

철장신개와 두 장로는 아닌 밤중에 홍두깨라는 듯 놀라서
눈을 휘둥그렇게 떴다.

그러나 도무탄의 말이라면 설사 남자가 임신을 했다고 해
도 무조건 믿는 군림방개는 환한 표정을 짓더니 철장신개를
독촉했다.

"철 사숙님, 어서 운공조식을 해보십시오."

철장협개는 반신반의하는 얼굴로 마지못해서 자세를 잡고
운공조식에 들어갔다.

도무탄은 담담한 얼굴로, 군림방개는 싱글벙글하면서, 그
리고 두 장로는 초조한 표정으로 제각기 다른 생각을 하면서
철장협개를 지켜보았다.

"방개."

기다리는 시간이 길어질 것 같으니까 도무탄이 군림방개
를 한쪽으로 불러서 작은 소리로 말했다.

"뇌전팽가에 자네 사부께서 계시는 게 분명한가?"

"사부님을 구하려는 것인가?"

"그래."

"그런데 나는 잘 모르겠어."

아직까지도 신풍협개가 뇌전팽가에 감금되어 있는지 확신하지 못하는 군림방개는 두 장로에게 도움을 청했다.

"두 분 사숙."

철장협개의 운공을 방해하지 않도록 두 장로를 이쪽으로 불러서 군림방개가 그 일에 대해서 묻자 두 장로는 착잡한 얼굴로 고개를 가로저었다.

"넉 달 전에 뇌전팽가에 감금되셨다는 말만 들었지 그 이후에는 어떻게 되셨는지 우리도 모른다."

"어디에 계시든 심한 고초를 겪고 계실 게 뻔하다. 사형을 구해 드리지도 못하는 판국에 어디에 계시는지도 제대로 모른대서야……."

한동안 네 사람이 방주에 대해서 의논하고 있는데 철장협개가 운공에서 깨어나 탄성을 터뜨렸다.

"이럴 수가… 금제가 풀렸다!"

철장협개는 벌떡 일어나 제자리에서 빙빙 돌면서 두 팔을 흔들며 기뻐했다.

"금제가 풀렸어. 이제 자유의 몸이 됐다……!"

"사형! 정말입니까?"

"어, 어디 봅시다. 사형."

두 장로는 희색만면하여 철장협개에게 다가가고, 도무탄

과 군림방개는 빙그레 미소를 지었다.

철장협개는 마치 강호의 무명소졸이 대협을 대하듯 도무탄에게 포권을 하며 정중하게 허리를 굽혔다.

"도 대협, 이 철 노개는 오늘의 이 은혜를 죽을 때까지 잊지 않을 것이네."

*　　　*　　　*

그날 유시(戌時酉時:저녁 8시경) 무렵에 북경성 내에 있는 백이십칠 개 크고 작은 방, 문파에 일괄적으로 한 통의 서찰이 전달되었다.

개방 제자들이 전한 그 서찰에는 똑같은 내용이 적혀 있었다.

—오늘 밤에 뇌전팽가가 멸문함. 각 방, 문파는 내일 아침 묘시(卯時: 아침 6시경)까지 자파에서 나오지 마시오.

—등룡신권

*　　　*　　　*

한여름의 밤은 늦게 찾아온다.

도무탄은 해시(亥時:밤 10시경) 무렵에 뇌전팽가에 잠입했다.

그런데 어찌 된 일인지 뇌전팽가 안은 곳곳에 수백 개의 횃불을 밝혀놓았으며, 매우 분주하고 여기저기에서 많은 뇌전도수가 바쁘게 움직이고 있다.

도무탄이 몰래 숨어서 지켜보니 아마도 뇌전팽가에서 정기적으로 행하는 무술수련이든지 아니면 그와 비슷한 행사를 벌이고 있는 것 같았다.

도무탄에게 모습을 감추는 투명 수법이 있으면 모를까 이런 상황에 신풍협개를 찾는다고 뇌전팽가 내부를 돌아다니는 것은 위험한 행동이다.

뇌전팽가를 괴멸시키려고 왔으면 발각되거나 말거나 멋대로 행동해도 되겠지만, 일단 신풍협개를 구해야 하기 때문에 조심하는 것이 상책이다.

그렇다고 해서 기껏 잠입했는데 밖에 나갔다가 다시 잠입하는 것은 썩 내키지 않았다.

밖에 있으면 뇌전팽가 안의 상황이 어떻게 변했는지 알 수가 없다는 단점도 있다.

그래서 그는 주변 어딘가에 은둔해서 뇌전팽가가 조용해기를 기다리기로 작정했다.

은둔한 장소에서 뇌전팽가의 동향을 잘 지켜볼 수 있으면 더욱 좋을 것이다.

그는 주위를 두리번거리다가 한곳에 시선이 멈추었다. 그곳은 뒤쪽의 아담한 인공호수 한가운데에 솟아 있는 오 층의 누각이다.

'자봉루.'

뇌전팽가의 가주 팽기둔의 외동딸 팽정의 거처다. 도무탄은 별생각 없이 그곳에 가기로 마음먹고 신형을 움직여 호수를 향해 낮게 쏘아갔다.

그는 일전에 독고예상을 구하는 과정에서 그녀의 애원으로 팽정을 강간한 적이 있었다.

그것은 그에게 하나의 잊고 싶은 나쁜 기억일 뿐이지 죄책감이나 다른 미적지근한 앙금 같은 것은 추호도 남아 있지 않았다.

그는 자봉루에 팽정이 없을 것이라고 생각했다. 뇌전도수거의 전부가 도법연마를 하고 있다면 팽정이 빠지지 않았을 것이라는 생각이다.

그곳에 팽정이 없다면 없는 대로, 그리고 있어도 그만이라는 생각이다. 그의 단순명쾌한 성격은 어디에서나 빛을 발한다.

# 第八十一章

두 번째 짓밟힘

자봉루 오 층 팽정의 방에 그녀가 있었다.

꽤 넓고 아늑한 방의 한쪽에는 휘장이 반만 걷어진 침상이 있으며, 실내 곳곳 적당한 장소에 배치된 가구와 장식들은 최고급이다.

그리고 창가에 놓인 팔각의 탁자 앞에 팽정이 다소곳이 앉아서 물끄러미 창밖을 응시하고 있었다. 꼿꼿한 자세인데도 뒷모습을 보노라면 시름에 빠져 있는 게 역력하다. 그런 분위기를 풍기고 있었다.

추호의 기척도 없이 실내로 들어선 도무탄은 미끄러지듯

이 다가가 그녀의 세 걸음 뒤에 멈추었다.

그렇게 가까운 거리에 서 있지만 마치 한 움큼의 공기처럼 존재하지 않은 듯이 있기 때문에 팽정은 그의 존재를 전혀 감지하지 못했다.

그녀의 왼쪽에 놓인 탁자에는 안주도 없이 옥으로 만든 술병 하나가 달랑 놓여 있었다. 그러고 보니까 실내에 짙은 주향이 풍겼다.

그녀가 혼자서 안주도 없이 술을 마시고 있었던 모양인데 이것은 예상하지 못했던 뜻밖의 상황이다.

사실 도무탄은 팽정이 자신의 거처에 없을 것이라고 짐작했었고 또한 없기를 원했다.

밖에서 다들 저 난리인데 하나뿐인 소가주가 방에 들어와 있을 리는 없다고 생각했었다.

도무탄은 팽정의 뒤에 우두커니 그대로 선 상태에서 가만히 있었다.

이런 상황에서는 과연 어떻게 하는 게 좋을지 방법이 얼른 생각나지 않았다.

"하아……."

그때 팽정이 긴 한숨을 내쉬며 창밖에서 시선을 거두는 것과 동시에 탁자의 술병으로 손을 뻗으려고 몸을 약간 옆으로 틀었다.

그러다가 뒤에 뭔가 서 있는 듯한 느낌을 받고 무심코 시선을 주었다.

"허억!"

다음 순간 그녀는 철탑처럼 우뚝 서 있는 도무탄을 발견하고 자지러지게 놀라면서 몸을 파드득 떨며 눈을 화등잔처럼 크게 떴다.

술병을 잡으려던 그녀의 한 손은 그냥 맹목적으로 허공을 허우적거리다가 술병을 잡고는 그냥 멈추었다.

그녀는 빠르게 눈을 깜빡거리면서 도무탄을 바라보았다. 자신이 헛것을 본 것은 아닌지, 영능에게 죽었다던 도무탄이 정말로 거기에 서 있는 것인지 확인하려는 것이다.

그런데 저기 세 걸음 앞에 서 있는 사람은 한시도 잊은 적이 없었던 틀림없는 도무탄이다.

어떻게 저 얼굴과 모습을 잊을 수 있다는 말인가. 잊는다면 사람이 아니다.

그를 바라보는 그녀의 두 눈에는 도대체 언제 눈물이 가득 고이게 된 것일까.

하염없이 시름에 빠져 술을 마시면서 창밖을 굽어보며 슬픈 상념에 잠겨 있을 때였는가, 아니면 도무탄을 발견한 순간 눈물이 솟구쳤을까.

하여튼 정말 그가 나타난 것인지 확인하려고 눈을 깜빡거

렸더니 눈물이 주르르 두 뺨을 타로 흘러서 턱으로 뚝뚝 떨어
졌다.

하지만 정작 당황한 사람은 도무탄이다. 팽정이 자신을 발
견하는 순간 죽이려고 공격할 것이라고만 예상했었지 설마
저처럼 눈물을 뚝뚝 흘릴 것이라고는 추호도 예상하지 못했
기 때문이다.

뿐만 아니라 그녀의 표정이나 눈빛에서는 추호도 적의(敵
意)를 찾아볼 수가 없다. 이런 순간에 거짓 표정을 지을 수는
없을 것이다.

그렇다고 친밀함이나 반가운 표정을 떠올리지도 않았다.
그래서 그는 그녀의 이런 모습이 무엇을 뜻하는지 짐작조차
할 수가 없었다.

잠시 경직된 묘한 침묵이 흐르고 나서 팽정이 느릿한 동작
으로 옷소매를 들어 눈물을 닦았다. 그녀는 팽가 사 남매 중
에서 제일 어리지만 가장 총명하고 수양이 깊은 것으로 정평
이 나 있다.

이윽고 그녀는 꼿꼿하게 허리와 어깨를 펴고 풍만한 가슴
을 내밀면서 도무탄을 응시하며 차분하려고 애쓰는 목소리로
까칠하게 메마른 입술을 열었다.

"여긴 무엇하러 왔느냐?"

"잠시 쉬러……."

그녀가, 그렇게 물을 줄 몰랐기에 미처 대답을 준비하지 못했던 도무탄은 그렇게 말하다가 급히 말끝을 흐렸다.

그녀의 물음에 자신이 고분고분하게 대답을 한다는 것도 이상하고, '잠시 쉬러' 왔다는 말은 더 이상하게 들릴 것이기 때문이다.

경황 중에도 바깥이 잠잠해질 때까지 은둔해 있어야겠다는 말을 곧이곧대로 할 수가 없어서 완곡하게 말한다는 것이 그렇게 튀어나온 것이다.

그는 조금 당황해서 급히 손을 저었다.

"그게 아니라 어디 조용한 곳에서 잠시 눈이라도 붙이려는 생각이었는데 어쩌다 보니까 여길 온 것이다."

앞뒤를 뚝 잘라내고 요점만 얘기한 것인데 말하고 보니까 이것도 성공적인 변명은 아니다. 오히려 처음에 하려고 했던 말보다 더 이상해서 상황이 묘하게 꼬이며 궁색한 모양새가 돼버렸다.

팽정은 그의 말이 무슨 뜻인지 가늠하려는 듯 긴 속눈썹을 가늘게 떨면서 그를 주시했다.

"이거 정말⋯⋯."

그는 자신의 어눌함에 조금 짜증이 나서 발끝으로 괜히 바닥을 긁었다.

자신이 하찮은 팽정 따위의 계집에게 심문을 당하는 것 같은 분위기도 싫었고 그것에 기가 약간 죽은 자신의 모습도 싫었다.

보통 세상에서는 여자가 자신을 강간한 사내를 다시 만나게 되면 공포에 질리든가 아니면 죽이려고 서슬이 퍼래져야 마땅한 일이다.

그렇지만 팽정의 반응은 전혀 그렇지 않아서 뜻밖이다. 상식에서 크게 벗어날 경우에는 상대로 하여금 당황하게 만드는 법이다.

도무탄은 여길 오면서 자신을 보는 즉시 팽정이 공격을 할 것이라고 생각했었다.

그러면 즉시 손을 써서 그녀를 제압하여 구석에 처박아두거나 죽여도 좋을 테고, 그 후에 혼자 창밖을 내다보면서 휴식이나 취해야겠다고 말이다.

그런데 이것은 전혀 뜻밖이다. 지금 그녀를 죽이거나 제압하는 것은 도무탄의 취향이 아니다.

"간다."

슥—

갑자기 그는 몸을 돌려 문 쪽으로 향하다가 채 한 걸음도 떼어놓기 전에 미간을 잔뜩 찌푸렸다.

지금 그가 취하고 있는 이 어이없는, 아니, 어리석기까지 한 행동은 또 뭐라는 말인가.

지금 상황에서 팽정을 저대로 놔두고 나가는 것은 말도 안 되는 짓이다.

그랬다가는 신풍협개를 구하기는커녕 등룡신권이 살아 있으며 뇌전팽가에 잠입했었다는 사실만 드러내는 꼴이 돼버리고 말 것이다.

그렇다면 그녀가 어떤 행동을 취하기 전에 무조건 제압해 놓고 볼 일이다.

그의 생각이 거기까지 미치고 막 행동으로 옮기려고 할 때 등 뒤에서 팽정의 차분한 목소리가 들렸다.

"술 한잔하고 가."

돌아서며 무형지기를 발출하여 그녀를 제압하려던 도무탄은 그냥 빙글 돌아서서 의아한 표정을 지었다.

"뭐어……? 술?"

슥—

팽정은 의자에서 일어나 촉촉한 눈빛으로 그를 바라보면서 곧장 걸어왔다.

"그냥 술 한잔하고 가."

슥—

그녀는 앞을 똑바로 주시하면서 도무탄 옆을 스쳐 지나며 뼈있는 말을 중얼거렸다.

"잡아먹지 않을 테니까 잠깐 앉아 있어."

누가 누굴 잡아먹는다는 말인가. 잡아먹힌 여자가 할 말은 아닌 것 같다.

정말로 어이없는 일이지만 도무탄은 조금 전까지 팽정이 앉아 있었던 의자에 앉아서 그녀가 술을 가져오기를 기다리고 있는 중이다.

술을 마시고 가라는 그녀의 말을 잠시 생각해 보다가 그렇게 하기로 마음먹었다.

별다른 뜻 없이 그냥 술을 마시라는 얘기일 수도 있다. 괜히 복잡하게 생각하니까 복잡한 것이다.

조금 전에 봤던 그녀는 도무탄보다 훨씬 어른스러웠던 것 같았다.

외모는 모든 면에서 도무탄이 서너 살 위로 보이기 때문에 어른스럽다는 것은 그녀의 말이나 행동거지를 말함이다. 조금 전에 그녀는 분명히 도무탄보다 어른스러웠다. 오랜만에 찾아온 남동생을 대하듯 했다.

같은 나이라고 해도 여자가 남자보다 성숙하고 매사에 어른스럽다는 말이 있지만, 조금 전의 팽정은 그런 점에서 도무탄을 압도했었다.

그녀가 '잡아먹지 않을 테니까' 라는 말을 남기고 나간 지 일각쯤 지난 것 같다.

그녀가 방을 나가고 나서 도무탄이 제일 먼저 취한 행동은 피식 실소를 흘린 것이다.

스스로 생각해 봐도 자신의 말이나 행동이 어이없었기 때문이다. 전혀 그답지 않았다.

그녀가 나가고 나자 그는 기다렸다는 듯이 빠르게 평정심을 되찾았다. 그렇다고 해서 팽정 앞에서 평정심을 잃었던 것은 아니다.

최소한 그는 그렇게 믿고 싶었다. 그녀 따위 앞에서 평정심을 잃어야 할 이유가 없기 때문이다.

그러나 그로서는 인정하고 싶지 않지만 아까 그는 적잖이 당황했었던 게 사실이다.

어쨌든 지금은 바깥의 소요가 가라앉을 때까지 기다려야하고 또 그럴 장소가 필요하다.

그래서 이곳에 잠시 머물고 있는 것뿐이다, 라고 생각하며 자신을 위로했다.

만약 팽정이 그를 이곳에 앉혀놓고 나가서 딴 수작을 부린다고 해도 눈곱만큼도 겁나지 않는다. 겁나기는커녕 그렇게 했다가는 팽정이라는 년을 기필코 붙잡아서 갈가리 찢어죽이고 말 생각이다.

마음 한편으로는 어디 그렇게 해보라는 조금 뒤틀린 심사도 작용을 하고 있었다. 자신의 바보 같았던 행동에 대한 반

작용 같은 것인데, 마치 그런 마음을 먹어야 보상을 받는 것 같았다.

그렇지만 그녀가 그럴 것 같진 않다. 그것은 믿음 같은 것이 아니고 그저 느낌일 뿐이다. 조금 전에 그녀가 보여준 행동 때문이다.

팽정이 방을 나가고 나서 그가 되찾은 것은 평정심만이 아니다. 두둑한 배짱과 잠시 실종됐었던 여유도 돌아왔다.

혹시 밖에서 볼 수도 있으니까 그는 반쯤 열려 있는 창을 잡아당겨서 좁은 틈만 남겨놓고는 그곳을 통해서 눈동자를 이리저리 굴리며 바깥을 살펴보았다.

호수 바깥쪽 백여 장 거리에 있는 넓은 연무장에서는 수백 명의 뇌전도수가 질서정연하게 도법을 연마하고 있는 광경이 손에 잡힐 듯이 잘 보였다.

척―

문 여는 소리에 그가 돌아보니 팽정이 들어서고 있으며 그녀의 손에는 술이 담긴 주담자와 서너 가지 요리가 놓인 큰 쟁반이 들려 있었다.

그녀는 의자에 앉아서 자신을 쳐다보고 있는 도무탄을 보고 아주 흐릿하게 안도하는 표정을 지었다.

어쩌면 도무탄이 기다리지 않고 그냥 가버렸을 수도 있을 것이라고 생각했었기 때문이다.

그녀는 탁자에 갖고 온 술 주담자와 요리 그릇을 말없이 가지런히 차리고는 맞은편에 살포시 앉았다.

쪼르르…….

도무탄은 그녀가 두 손으로 잡은 주담자를 기울여서 술잔에 술을 따르는 모습을 물끄러미 바라보았다. 투명한 술이 술잔을 점점 채우는 과정을 지켜보면서 문득 그녀의 손이 매우 희고 곱다는 생각이 들었다.

그리고는 자신도 모르게 시선이 그녀의 긴 팔을 타고 올라가서 좁은 어깨와 터질 듯 풍만한 가슴, 가늘고 긴 목, 동그랗고 갸름한 턱과 얼굴에 이르러 멈추었다.

지금까지는 그녀를 볼 때 어떤 감정 그것도 매우 나쁜 감정을 바닥에 깐 상태였었기 때문에 객관적인 마음으로 보는 것이 불가능했었다.

그런데 지금은 그런 감정이 대부분 사라졌으며 냉정한 입장에서 그저 한 여자를 바라보는 마음을 가질 수가 있게 되었다. 왜 그럴 수 있는지는 모른다.

팽정은 독고가의 여자들과는 매우 다른 미모의 소유자다. 독고지연과 은한, 예상 세 자매가 공통적으로 지니고 있는 것은 도발적인 아름다움이다.

그녀들을 바라보면 마치 눈동자에 독침을 맞은 것처럼 유혹의 덫에 걸려들고 만다.

그래서 그녀들의 것은 치명적인 아름다움이라고 말할 수가 있을 것이다.

하지만 팽정은 고요한 정적(靜的)인 아름다움이다. 다소곳이 앉아서 술을 따르는 모습은 마치 한 폭의 잘 그려진 미인화(美人畵)를 보는 듯하다. 그래서 마주한 상대가 아무리 별짓을 다 해도 전혀 반응을 보이지 않을 것 같다. 그림 속의 미인이기 때문이다.

화사하게 남자를 유혹하는 것이 아니라 남자가 손을 뻗으면 움츠러들면서 경계하는 신경초(神經草:미모사) 같은 감성을 지닌 미인이다.

이런 여자는 절대로 자신이 먼저 남자를 선택하거나 고백을 하는 용기를 발휘하지 못한다.

그러나 어떤 계기로 인해서 누군가의 여자가 된다면, 필경 죽을 때까지 그의 그림자가 되어 조용히 헌신을 하는 현모양처가 될 것이다.

도무탄의 시선이 아래로 내려가 그녀의 잘록한 허리와 허벅지, 그리고 사타구니를 보았다.

그런데 자신이 그녀를 강간했을 때의 기억이 조금도 나지 않았다.

저 사타구니 안쪽 깊숙이 자신의 성난 음경을 찔러 넣었던 느낌이 조금도 살아나지 않았다.

그러나 어쨌든 그가 그녀를, 그것도 순결을 짓밟았던 것은 움직일 수 없는 사실이었다.

그렇게 생각을 하자 그는 비로소 여자를 정복한 사내들의 전리품과도 같은 터무니없는 으쓱함과 주인의식을 품게 되었다.

남녀의 정사란 참으로 기묘하고도 이상하다. 남자와 남자, 여자와 여자 간에는 그런 일이 있을 수 없는데, 남녀 간에는 정사라는 것이 전가하는 의미가 실로 대단하다.

남자와 여자가 손을 잡거나 입을 맞추고 제아무리 서로의 알몸을 만지고 별짓을 다하더라도, 그리고 수억 마디의 말로써 어떤 맹세를 거듭한다고 해도, 남자의 음경이 여자의 옥문 속으로 삽입되는 이 한 번의 행위에는 절대로 미치지 못한다.

그것은 새로운 삼라만상이 창조되는 것과도 같으며, 지금까지의 삶이 소멸되고 전혀 새로운 새 생활이 시작되는 것이기도 하다.

그 한 번의 행위는 과거 남자와 여자가 어떤 관계였으며 어떤 상황이었더라도 단번에 다 무너뜨리고 모든 것을 원점으로 돌려 버리는 미증유의 신비한 능력을 지니고 있다.

어쩌면 도무탄이 방금 느끼게 된 여자를 짓밟은 사내의 비틀린 우월감 비슷한 것을 팽정도 느꼈기 때문에 지금 이런 행동을 하고 있는 것인지도 모르는 일이다.

아니, 아마 그게 분명할 것이다. 문제는 남자가 우월감을
느끼는 것에 반해서 여자는 왜곡된 복종심 같은 것을 느끼는
경우가 허다하다.

그래서 도무탄은 약간 흥미가 일어나서 만약 기회가 된다
면 팽정을 한번 시험해 봐야겠다고 싶다는 어이없는 생각을
해보았다.

슥—

그녀는 가득 채운 술잔을 도무탄 앞으로 밀어주고 나서 자
신의 잔에도 술을 채우고 집어 들었다.

도무탄은 그녀가 술에 무슨 수작을 부렸을 것이라는 생각
조차 하지 않고 술잔을 집어 단숨에 마셨다.

팽정은 그가 별 의심을 하지 않고 술을 마시는 것을 보며
들릴 듯 말 듯 안도의 한숨을 토해냈다.

술에 무슨 수작을 부렸느니 그게 아니라느니 쓸데없는 오
해와 말싸움으로 지금의 소중한 시간을 허비하고 싶지 않기
때문이다.

두 사람은 아무 말도 하지 않고 묵묵히 술만 마셨다. 대화
도 하지 않고 안주도 먹지 않기 때문에 마시는 속도가 점점
더 빨라져서 곧 주담자가 비워졌다.

팽정은 말없이 일어나 밖으로 나갔다가 잠시 후에 옥으로

만든 제법 큼직한 술 단지를 안고 들어왔다.

그녀는 뭔가 작심을 단단히 한 모양이다. 저 술 단지를 다 비우면 둘 다 대취하게 될 터이다. 도무탄은 그 모습을 보면서 조금 아연해졌다.

다시 침묵의 술 마시기가 계속됐다.

도무탄은 일부러 말을 하지 않는 것이 아니라 사실 할 말이 없다.

이러다가 시간이 지나 뇌전도수들의 도법연마가 끝나면 팽정을 제압하고 떠나면 될 것이라고 생각했다.

도무탄도 팽정도 공력으로 술기운을 몰아내지 않았기에 안주도 먹지 않고 주담자로 세 개를 비워갈 무렵 두 사람은 웬만큼 거나해졌다.

"그동안 많이 생각해 봤어."

취기로 얼굴이 발그레해진 팽정이 이윽고 입을 열었다. 아무 말도 하지 않고 술 단지를 다 비우는 일은 없어졌다.

그녀가 너무 자연스럽게 최초의 말을 했기 때문에 마치 두 사람이 줄곧 조곤조곤 대화를 나누고 있었던 듯한 착각마저 들었다.

도무탄이 쳐다보자 술에 젖어서 촉촉해진 그녀의 입술이 미풍에 흔들리는 장미꽃잎처럼 나풀거렸다. 정말 매혹적인 입술이다.

"네가 나를 강간했던 것에 대해서……."

그날의 일이 생각나서인지 그렇게 말하는 그녀의 목소리가 세찬 바람에 나부끼는 나뭇가지 끝에 매달린 낙엽처럼 파르르 떨렸다.

"독고예상은 너의 처형이야. 그러니까 그녀의 애원을 거절할 수 없었겠지."

그 말을 할 때 그녀는 도무탄을 바라보지 못하고 자신이 쥐고 있는 술잔만 내려다보았다.

"그리고 나는 오빠들의 복수를 한답시고 뇌전도수 열 명에게 내가 보는 앞에서 그녀를 강간하라고 명령했었어. 지금 생각하면 그건 있을 수 없는 일이었어. 네가 날 강간한 것보다 더 악독한 짓이었지."

도무탄은 그녀의 회개하는 듯한 고백을 들으면서 혼자 술을 따라서 마셨다.

그녀가 지금 말하고 있는 것이 진심이라면, 그리고 지난 반년 이상의 세월 동안 곰곰이 생각해서 얻은 결과라면 이것은 가히 칭찬할 만한 일이다.

사람이란 족속은 항상 자신의 입장에서만 사건을 유리하게 해석하려고 한다.

그리고는 하고 싶은 말만 하고 듣고 싶은 말만 듣고 보고 싶은 것만 보는 습성이 있다.

"만약 네가 나를 강간하지 않았더라면, 그리고 반년이라는 오랜 시간이 주어지지 않았더라면, 나는 죽을 때까지 그게 악독한 짓이었다는 사실을 깨닫지 못했을 거야. 슬픈 일이지만… 그게 사실이야."

도무탄은 그녀의 표정이나 목소리로 미루어 그녀가 지금 하고 있는 말이 진심이라고 믿었다.

자신이 과거에 저질렀던 잘못을 남이 깨닫게 해준 것도 아니고 스스로 깊이 성찰하여 깨우친다는 것은 절대로 흔한 일이 아니고 기특한 일이다.

그것은 그 사람이 평소에 생각이 깊고 또 성품이 공명정대하다는 증거가 아닐 수 없다.

"너희가 나의 세 오라버니를 죽이거나 죽게 만든 일에 대해서도 내 생각이 짧았었어. 그건 독고가의 여자들을 납치했던 오라버니들이 전적으로 잘못했던 거였어. 그걸 복수하겠다고 날뛰었으니 내 잘못이야."

도무탄은 팽정이 사려 깊은 것은 인정하지만 왜 그런 말을 자신에게 하는 것인지 궁금해졌다.

하지만 그녀의 말을 자르고 싶지 않았다. 그리고 무슨 말을 하는지 다 듣고 싶었다.

"무엇보다도 큰 잘못은……."

그녀의 목소리가 많이 떨렸다. 그리고 몸을 떠는 바람에 들고 있는 술잔에서 술이 넘쳐 바닥에 흘렀으나 개의치 않고 말을 이었다.

"우리 뇌전팽가가 영능이란 자의 앞잡이가 되어 무영검가를 전멸시킨 일이었어. 그것은 절대로 용서받을 수 없는 만행이었어. 뇌전팽가와 무영검가는 수백 년 동안 북경성에서 막역한 사이로 지냈었는데… 아버지가 그걸 깨뜨렸어. 그래서 나는 아버지를 원망해……. 아니, 저주해. 아버지가 그 모든 일을 망쳐 버렸어."

그녀는 술을 반 이상 흘려서 흠뻑 젖은 손으로 술을 마시고 나서 고개를 푹 숙였다.

"그래서 나를 강간한 너를 나는 입이 백 개라도 나무랄 수가 없는 처지야……."

고개를 든 그녀는 울고 있었다.

"그런데 말이야……."

도무탄은 우는 그녀의 꼴이 보기 싫어서 외면을 하고 술을 들이켰다.

"나는 앞으로 어떻게 살아가면 좋지? 네가 그것을 가르쳐 주었으면 좋겠어."

팽정은 자신의 우는 모습을 도무탄에게 보이는 것이 죽기보다도 싫었다.

하지만 그의 앞에 있으면, 더구나 이런 말을 할 때면 저절로 눈물이 폭포처럼 쏟아지는 것을 어쩌란 말인가.

죽어도 인정하기는 싫지만, 저 앞에 손만 뻗으면 닿을 거리에 오만하게 앉아 있는 남자가 그녀의 순결을 짓밟은 남자라는 말이다.

그녀의 슬픔이 더욱 깊어졌다. 그래서 쥐어짜면 슬픔의 새파란 물이 뚝뚝 바닥으로 떨어질 것만 같았다.

"차라리 내가 자신밖에 모르는 악독한 여자였더라면 이렇게 괴롭지는 않았을 거야……."

그랬으면 이런 깨달음도 뉘우침도 없었을 것이고, 지금보다 훨씬 덜 괴로웠을 것이다.

도무탄에게 한 번 강간당한 것은 그냥 미친개에게 물렸다 여기고 마음 편히 살 수도 있을 터이다.

강간을 한 번 당했다고 해서 인생이 끝나는 것은 아닐 테니까 말이다.

천하에서는 하루에도 수백 수천 번이나 벌어지는 강간으로 인해서 피해자인 여자들이 다 인생을 포기하거나 죽음을 선택한다면 세상은 이미 엉망진창이 돼버렸을 것이다.

도무탄은 그녀의 심정을 십분 이해하고도 남음이 있다. 그녀를 이해하려고 노력해서가 아니라 그냥 객관적인 입장으로 그렇다.

그러나 말 그대로 이해에서 끝날 뿐이지 그가 뭘 어떻게 해줄 수 있는 것은 하나도 없다.

그는 고개를 돌려 창을 약간 더 열고 밖을 내다보았다. 어느덧 횃불이 다 꺼졌고 도법연마를 하던 뇌전도수들의 모습도 보이지 않았다. 이제 슬슬 일어설 때가 됐으니 기회를 잡아야겠다고 생각했다.

팽정의 진심을 알게 돼서 그것 때문에 마음이 좀 답답해진 그는 그만 일어서려고 마음먹었다.

그런데 문득 그는 아까 팽정을 시험해 보고 싶다는 마음이 지금 불쑥 고개를 쳐들었다.

"이리 와라."

그의 말에 팽정은 눈물 젖은 얼굴로 그를 바라보며 의아한 표정을 지었다.

도무탄은 조금 강하게 명령조로 말했다.

"여기 내 앞에 와서 서보라는 말이다. 안 들리느냐?"

부탁이 아니라 명령이다.

팽정은 너무 놀라서 눈을 화등잔처럼 커다랗게 뜨고 입을 반쯤 벌린 모습이더니 곧 이끌린 듯이 스르르 일어나 그에게 걸어왔다.

슥—

도무탄은 그녀의 허리를 덥석 잡아 그대로 자신의 허벅지에 앉혔다.

"아……."

그녀는 소스라치게 놀랐으나 일어나지 않았으며 그의 허벅지에 얌전하게 앉아서 가쁘게 숨을 할딱거렸다.

그녀의 몸이 단단하게 경직되고 또 가늘게 떨리고 있으며 심장이 미친 듯이 쿵쾅거리는 것이 도무탄에게 고스란히 전해졌는데, 그것 때문에 그는 이 시험이 점점 재미있어진다는 생각이 들었다.

도무탄이 시험하고 싶은 것은 팽정의 속내다. 그리고 그녀가 자신에게 복종하는지 알고 싶었다.

슥—

"아……."

도무탄이 손으로 그녀의 턱을 잡고 자신 쪽으로 슬쩍 돌리자 그녀는 움찔 놀랐다.

"읍……."

순간 도무탄의 두툼한 입술이 그녀의 입을 덮었다. 그리고 그녀의 입술과 혀를 마음껏 유린했다.

예전에 그녀를 강간했을 때에는 입맞춤이나 애무 같은 것이 있을 리가 없었다.

그저 다리를 벌리고 강제로 삽입을 하고 거친 짓밟음으로 인해서 그녀는 옥문에 큰 상처를 입었었다.

그녀의 두 눈이 더할 수 없이 커지더니 곧 스르르 감기고는 온몸에서 힘이 빠졌다.

그녀는 수만 마디의 말보다 이 한 번의 행동으로 도무탄의 마음을 알게 되었다고 생각했다.

이것으로 그녀는 자신이 온전히 그의 여자로 받아들여졌다고 믿게 되었다.

도무탄의 손이 거침없이 그녀의 상의 속으로 들어가서 터질 듯이 풍만한 젖가슴을 움켜잡았다.

이어서 옷을 잡아채서 찢듯이 앞섶을 열어젖히고는 젖가슴이 드러나게 하여 배고픈 아기처럼 거기에 얼굴을 처박고 게걸스럽게 빨아댔다.

팽정이 난생처음 느껴보는 뼈가 다 녹을 것 같은 느낌에 빠져 있을 때 도무탄의 손이 그녀의 바지와 속곳을 찢듯이 끄집어 내렸다.

그러나 그녀는 조금도 반항하지 않고 오히려 그가 옷을 잘 벗길 수 있도록 둔부를 들어주기까지 했다. 이 순간 그녀는 복종이 최고의 미덕이라고 생각했다. 그것만이 도무탄을 붙잡을 수 있을 것이라고 믿었다.

그는 입으로는 젖가슴을 빨아대고 손으로는 은밀한 부위를 더듬으면서 한매선에게 배운 그 능수능란한 솜씨를 마음껏 발휘했다.

"아아……."

팽정은 상체가 뒤로 젖혀지고 두 다리를 넓게 벌린 채 이대로 죽어버려도 후회가 없을 것 같은 극도의 쾌감에 빠져들었다.

육체의 쾌감도 쾌감이지만 자신이 이것으로 도무탄의 여자가 되고 있다는 믿음이 그녀를 그렇게 만들고 있다.

휙!

그런데 그녀의 육체와 정신이 한꺼번에 절정을 향해 치닫고 있을 때 도무탄이 갑자기 그녀를 바닥에 내던지며 벌떡 일어섰다.

쿵!

"앗!"

도무탄은 문으로 걸어가며 중얼거렸다.

"지금 즉시 뇌전팽가를 떠나서 새 삶을 찾아라. 내가 해줄 수 있는 말은 그게 전부다."

"아아… 어째서……."

그가 무엇 때문에 갑자기 돌변했는지 팽정은 이유를 알지 못한 채 바닥에 퍼질러 앉은 자세로 그의 뒷모습을 바라보며 눈물을 흘렸다.

"도무탄……."

그녀가 흐느끼듯 불렀으나 그는 뒤돌아보지 않고 찬바람을 일으키듯 계속 걸었다.

일어선 팽정은 하염없이 눈물을 흘리면서 도무탄의 뒷모습을 바라보았다.

그녀의 순결을 가져간 사내. 그가 영능에게 죽었다는 말을 듣고는 절망했었으며, 그래서 기회가 되면 영능을 죽여서 복수를 하겠다고 다짐했었다.

그런데 도무탄이 문을 두어 걸음 남겨두고 걸음을 멈추더니 뒤돌아보았다.

기대 어린 표정으로 자신을 바라보고 있는 팽정을 보며 그가 불쑥 물었다.

"신풍협개는 어디에 감금되어 있느냐?"


도무탄이 가버린 실내 탁자 옆에 팽정은 슬픔에 잠겨서 눈물을 흘리며 서 있다.

상의는 반쯤 찢어지고 벌어져서 한 쌍의 탱탱한 젖가슴이 드러나 그녀가 흐느낄 때마다 파도처럼 출렁거렸다. 거기에는 도무탄의 침이 흠뻑 묻어 있었다.

바지는 다리 한쪽이 벗겨지고 한쪽은 발목에 걸린 채 하체가 다 드러난 모습이다.

조금 전까지 도무탄의 손이 농락을 했던 음부는 축축하게 젖어서 그녀의 마음을 아는 듯 같이 흐느끼고 있다. 그녀는 또 다른 의미에서 강간을 당했다. 그리고 이것은 첫 번째보다 더욱 뼈아픈 강간이 되었다.

"도무탄… 흑……."

그녀는 그 자리에 무너져 내리며 울음을 터뜨렸다.

# 第八十二章

혈보(血步)

도무탄은 팽정이 가르쳐 준 뇌전팽가 북쪽의 제법 울창한 숲 안쪽에서 뇌옥을 찾아냈다.

　여기까지 오는 동안 팽정이 했던 말을 다시 반추하느라 머리가 복잡했었으나 뇌옥을 찾아내는 순간 그녀에 대한 생각이 머릿속에서 싹 지워졌다.

　우거진 풀숲에 좁고도 길게 뻗은 오솔길을 따라 들어가자 흑회색의 돌로 지은 단층짜리 건물이 나타났다.

　정중앙의 입구는 시커먼 철문으로 막혀 있으며 그곳을 지키는 자는 아무도 없었다.

창도 하나 없이 사방이 완전히 막힌 곳이라서 철문 밖에서 지킨다는 것이 무의미할 것 같았다.

그는 가로와 세로가 족히 일 장은 될 것 같은 거대한 철문 앞에 멈춰 섰다.

척—

철문에는 어른 팔뚝 굵기의 쇠로 만든 기다란 빗장이 가로 질러 있으며 거기에 어린아이 머리통만 한 자물쇠가 매달려 있었다.

그는 그것을 향해 오른손을 내밀었다가 한 자 정도 거리를 둔 상태에서 슬쩍 앞으로 잡아당기는 시늉을 했다.

드극…….

그러자 자물쇠의 고리와 빗장이 한꺼번에 썩은 줄 끊어지 듯이 툭 떨어져 나갔다.

그는 철문을 열기 위해서 손을 대지 않은 상태에서 철문을 갈가리 찢어발기거나 뜯어낼 수 있지만 그렇게 되면 소란스 러워질 것 같아서 그냥 손을 쓰기로 했다.

그그극…….

그가 철문의 떨어져 나간 부분을 잡고 앞으로 가볍게 잡아 당기니까 금세 두 자 정도의 틈이 생겨 그곳을 통해 안으로 빨려 들어갔다.

쉬이익!

쐐액!

그 순간 양쪽에서 날카로운 파공음이 터지며 섬뜩한 예기 여러 줄기가 그를 향해 쏟아져 왔다.

퍼퍼퍼퍼어……

"끅……."

"컥!"

하지만 다음 순간 철문 안으로 느릿하게 걸어 들어가고 있는 그의 몸에서 빛살 같은 무형지기가 뿜어져서 좌우 양쪽에서 공격해 오던 뇌전도수 다섯 명의 머리통이나 심장을 동시에 관통했다.

그들은 모두는 뒤로 날아가서 바닥에 떨어졌다가 잠시 몸을 푸들푸들 떨고는 곧 잠잠해졌다. 그들은 뇌옥 안을 지키는 자들이며 어젯밤에 꿈을 잘못 꾸었다.

그들의 관통된 부위는 손톱 정도의 크기이며 피가 한 방울도 흐르지 않았다.

도무탄은 뇌옥 안을 빠르게 둘러보았다. 철문 안쪽은 아담한 공간이고 탁자와 의자들이 놓여 있으며 탁자에는 술병과 술잔, 몇 가지 요리가 차려져 있었다.

방금 전에 도무탄을 공격했다가 죽은 자들이 지금껏 거기에 둘러앉아서 술을 마셨던 모양이지만 지금은 술 냄새를 풍기면서 황천으로 가고 있는 중이다.

그리고 양쪽은 복도인데 드문드문 벽에 유등이 걸려서 흐릿한 불빛을 뿌리고, 맞은편에 일정한 간격으로 각 열 개씩의 철문이 일렬로 보였다.

도무탄은 우선 왼쪽으로 쏘아가서 첫 번째 철문의 빗장을 젖히고 앞으로 슬쩍 잡아당겼다.

기잉…….

육중한 소리와 함께 철문이 활짝 열리면서 안에서 악취가 왈칵 풍겨 나왔다.

뇌옥 안은 그다지 넓지 않은데 열 명 정도의 남자가 여기저기에 흩어져서 누워 있거나 웅크려 있었다.

그것은 마치 돼지나 개 따위 가축들이 사육되고 있는 것 같은 광경이었다.

그들은 갈가리 찢어진 너덜너덜한 옷을 입고 있거나 아에 벌거벗은 사람도 있었다. 또한 하나같이 피골상접한 깡마른 몰골이며 얼굴에는 생기가 없으며 눈에도 초점이 없이 흐리멍덩했다.

사람이 이렇게 되는 경우는 한 가지 이유다. 먹지 못하고 움직이지 못하기 때문인 것이다.

도무탄이 철문을 여는 소리에 그들 중 몇 명이 반응하여 힘 없는 동작으로 고개를 돌려 이쪽을 쳐다보았다.

하지만 뇌옥 안이 워낙 캄캄하고 그나마 도무탄이 복도의 흐릿한 불빛을 등지고 서 있는 탓에 그의 얼굴을 알아보는 사람은 없었다.

"당신들은 누구요?"

도무탄이 맑고 청아한 목소리로 묻자 이번에는 십여 명이 모두 그를 쳐다보았다.

"나는 도무탄이오. 혹시 나를 아는 사람이 있소?"

"으으… 도 대협……."

"흐으으… 저… 정말… 등룡신권이십니까……."

그러자 뇌옥 안에 큰 동요가 일어났다. 모두들 일어나려고 버둥거리거나 도무탄 쪽으로 기어오려고 하면서 신음 소리를 흘렸다.

도무탄은 뜻밖의 반응을 보고는 이들이 과연 누구인지 몹시 궁금해졌다.

신풍협개를 구하는 것이 우선이지만 이들을 모른 체할 수가 없게 되었다.

그래서 가장 가까운 곳에 엎어져서 고개를 들고 그를 쳐다보려고 애쓰는 한 명의 손목을 잡고 부드러운 공력을 주입해 주며 물었다.

"나를 아시오?"

공력이 주입되자 잠깐 사이에 정신이 맑아지고 기운이 부쩍 생긴 그 사람은 두 손으로 바닥을 짚고 일어나 앉으면서 제법 또렷한 목소리로 말했다.

"도 대협, 우린 무영검가 사람들입니다."

"무영검가? 정말이오?"

도무탄은 전혀 예상하지 않았던 사실에 크게 놀랐다.

"그렇습니다.

"우리는 지난번 무림추살대와 뇌전팽가가 본가를 급습했을 때 제압되어 이곳으로 끌려와 모두 금제를 당한 상태로 갇혔습니다."

그 사람, 즉 무영검수는 말을 할수록 정신이 또렷해지고 기운이 솟는 것을 느꼈다.

여기에 있는 무영검수들은 모두 금제를 당한 상태이지만, 지금 말하고 있는 무영검수는 도무탄이 공력을 주입하는 순간 금제가 풀려서 자유의 몸이 되었다.

덥석!

"우리를 구하러 오셨습니까?"

무영검수는 감격에 겨워서 도무탄의 손을 잡으며 떨리는 목소리로 말했다.

"그렇소."

"아아… 도 대협……."

도무탄은 무영검수들이 이곳에 감금되어 있을 줄은 꿈에도 몰랐었지만 아니라고 대답할 수가 없었다.

두 사람의 대화를 들었는지 실내의 무영검수들은 꿈틀거리며 기어서 꾸역꾸역 도무탄 주위로 몰려들면서 상처 입은 짐승의 신음 소리를 냈다.

도무탄은 안으로 성큼 들어가서 무영검수들을 한 명씩 일일이 손목을 잡아 금제를 풀어주면서 동시에 얼마간 힘을 낼 수 있도록 공력을 주입해 주었다.

그는 정확하게 무영검수 열두 명의 금제를 풀어주고 나서 그들에게 지시했다.

"모두들 복도에 나가서 대기하시오. 그동안 나는 다른 사람들을 구하겠소."


이각 후. 도무탄은 도합 스무 개의 뇌옥 중에 여덟 곳에서 무영검수를 정확하게 백다섯 명을 구해냈다.

그들 모두를 제압했던 금제를 풀었으며 조금씩의 공력을 주입시켜 주었다.

그리고 그들 중에 생명이 위험한 사람이 한 명 있었으나 무사히 구해주었다.

이제 남아 있는 뇌옥은 철문을 등지고 섰을 때 오른쪽 복도 끝 쪽의 두 개다.

지금까지 열여덟 개의 뇌옥 중에서 여덟 곳에 무영검수들이 있었고 다른 열 군데는 비어 있었다. 그러므로 남은 두 칸의 뇌옥이 비어 있을 가능성도 있다.

그렇다면 이곳에 신풍협개가 없다는 얘기가 된다. 팽정은 이곳에 신풍협개가 있다고 말했지만 그녀가 거짓말을 했다고는 생각하지 않는다. 단지 그녀로선 그렇게 알고 있었을 수도 있다.

하지만 예상하지 못했던 백다섯 명의 무영검수를 구했으므로 헛수고를 한 것은 아니다.

아니, 오히려 뜻하지 않았던 굉장한 수확을 올렸다. 무영검가 사람들이 이들을 보면, 그리고 가족들이 이들과 만난다면 얼마나 기뻐하겠는가.

죽었다고 믿었던 남편과 아들, 아버지를 다시 얻은 가족들은 새로운 삶을 살게 될 터이다.

도무탄은 마지막 두 개의 뇌옥을 향해 걸어가다가 고개를 돌려 뇌옥의 중앙 쪽을 돌아보았다.

그곳에는 백다섯 명의 무영검수가 한 군데에 모여 있으며, 도무탄 덕분에 모두들 금제가 풀리고 기운을 차린 맑은 모습으로 감격에 겨워서 서로 손을 붙잡거나 눈물을 흘리고 있었다. 그들 중에 무영삼검대주가 있으며 그가 무리를 이끌고 있었다.

도무탄이 주입해 준 공력은 길어야 두어 시진 정도만 그들을 지탱해 줄 터이다.

그들은 근본적으로 먹지 못해서 기진맥진한 상태이므로

오랜 시간 잘 먹이고 휴식을 취해야지만 예전의 건강함을 되찾을 수 있을 것이다.

도무탄은 마지막에서 두 번째 철문 앞에 이르렀을 때 철문 안쪽에서 매우 가느다란 숨소리가 새어 나오고 있는 것을 감지했다.

그 뇌옥에 갇혀 있는 사람은 한 명이고 숨소리나 심장박동 등으로 미루어 연로한 남자가 분명했다. 그렇다면 신풍협개일 가능성이 크다.

그긍……

빗장과 철문을 열어젖히자 예외 없이 안에서 썩은 악취가 역하게 풍겨 나왔다.

도무탄의 시선은 뇌옥 한쪽 구석으로 날아가 꽂혔다. 그곳에는 한 사람이 뒷모습을 보인 자세로 옆으로 누워 있으며 꼼짝도 하지 않았다.

얼굴은 보이지 않지만 도무탄은 그의 체구만 보고서도 신풍협개라고 확신하고 신형을 날려 그에게 달려갔다.

똑바로 눕히고 보니까 장작처럼 말라비틀어진 노인의 모습이 드러났다.

안타깝게도 노인에게서는 신풍협개의 모습을 조금도 찾아볼 수가 없었다. 뿐만 아니라 신풍협개보다 이십여 세 이상은 더 나이가 들어 보였다.

결론적으로 말하자면 이 노인은 신풍협개가 아니다. 어쩌면 신풍협개는 이미 죽었을지도 모른다.

그렇다고 노인을 이대로 내버려 두고 갈 수는 없다. 그렇게 하면 노인은 얼마 버티지 못하고 죽을 것이다. 도무탄은 노인의 손목을 잡고 부드러운 공력을 주입시켰다.

노인의 상태는 다른 무영검수들보다 심각했으며 또 금제를 당했기에 깨어나는 것이 더뎠다.

그러나 도무탄은 공력을 조금 더 주입시켰으며 참을성 있게 기다렸다.

노인이 누군지는 모르지만 뇌전팽가에 의해서 감금되었으므로 동병상련을 느꼈다.

"으음……."

열 호흡 만에 노인은 힘겹게 눈을 뜨고 천장을 응시하며 눈을 껌뻑거렸다.

"정신이 드십니까?"

노인은 옆에서 조용히 말하는 사람을 쳐다보다가 눈을 크게 뜨면서 놀라는 표정을 지었다.

"무탄이… 아닌가?"

"아……."

도무탄은 노인의 목소리를 듣고 깜짝 놀랐다. 노쇠하고 미약한 목소리이긴 하지만 틀림없는 신풍협개의 목소리다. 잘못 들었을 리가 없다.

"방주!"

"허허… 무탄이 자네가…….."

어림잡아도 팔구십 세는 됐음직한 폭삭 늙은 노인이 바로 신풍협개였던 것이다.

반년 동안의 금제와 비참한 뇌옥 생활이 그를 이 지경으로 만들어버렸다.

"괜찮으십니까?"

"괜찮냐고?"

도무탄의 걱정하는 물음에 신풍협개는 연신 흐뭇한 웃음을 지었다.

"방금 전에 자네가 날 살렸잖은가? 그럼 괜찮은 것이지. 허 허헛!"

신풍협개는 곧 숨이 끊어진다고 해도 앓는 소리를 할 사람이 아니다.

도무탄은 신풍협개를 번쩍 안고 뇌옥을 나서 복도의 바닥에 조심스럽게 눕혔다.

신풍협개를 구했으니 이제 이곳에 온 목적을 달성했다. 아니, 죽은 줄 알았던 백다섯 명의 무영검수까지 구했으니 굉장한 일을 해낸 것이다.

그는 마지막 막다른 곳에 하나 남은 뇌옥 안에서 신풍협개보다도 더 미약한 기척이 흘러나오는 것을 감지하고 그곳으로 다가갔다.

이곳에 온 목적은 달성했지만 그래도 마지막 뇌옥에 누가 감금되어 있는지 궁금했다.

궁…….

철문을 열자 어김없이 지독한 악취가 훅 끼쳐 왔다. 여태까지 맡았던 악취 중에서 가장 역겨웠다.

뇌옥 밖에 서서 안쪽을 둘러보던 도무탄은 한쪽 구석에 매달려 있는 시커먼 물체를 발견했다.

그 광경을 보니 푸줏간에 매달려 있는 도살된 가축에 다름 아니다. 순간적으로 여기가 도살장이 아닌가 하는 착각이 들 정도다.

무영검수들이나 신풍협개는 금제를 당한 상태에서 뇌옥 안에서만큼은 자유로운 상태였었다. 그런데도 다 죽어가는 몰골이었다.

그런데 이 뇌옥에 갇힌 사람은 쇠사슬이 양쪽 어깨의 빗장뼈, 즉 쇄골을 뚫어 매달려 있는 모습이다.

사람은 쇄골을 뚫으면 제아무리 무공이 고강해도 꼼짝하지 못하는 법이다.

도무탄은 그 사람의 체구가 작고 왜소한 것으로 미루어 여자라고 짐작했다.

여자가, 그것도 뇌옥에 혼자 쇄골이 뚫려서 갇혀 있다니 아연 호기심이 발동했다.

또한 그녀는 혼절했는지 고개를 푹 숙이고 있었으며 긴 머리카락이 바닥까지 닿았다.

더구나 숨소리가 극히 미약해서 살아 있어도 죽은 것 같은 상태가 분명했다.

슥―

도무탄은 뇌옥 안으로 둥실 떠서 미끄러져 들어갔다. 뇌옥 벽에 묶여 있는 여자를 구할 것인지 말지를 추호도 고민하지 않았다.

뇌전팽가 뇌옥에 감금되어 있는 사람이라면 무조건 구해야 한다는 생각이기 때문이다.

굳이 적의 적은 동지라는 무림의 법칙을 들지 않더라도 같은 인간으로서 저런 참혹한 지경에 처한 사람은 마땅히 구해 줘야 한다는 생각이 들었다.

도무탄의 두 발은 바닥에 닿지 않고 한 자쯤 허공에 떠서 뇌옥 안으로 들어가고 있지만, 여자에게 가까워질수록 바닥이 진흙 바닥처럼 이물질로 수북했다.

다른 뇌옥에 갇혔던 사람들은 한쪽 구석에 작은 구멍이 뚫려 있어서 그곳에서 대소변을 처리했기 때문에 바닥은 깨끗한 편이었다.

그런데 이 뇌옥의 여자는 벽에 묶여 있는 상태이기 때문에 그냥 선 채로 볼일을 볼 수밖에 없었던 것 같았다. 돼지우리도 이보다는 깨끗할 터이다.

도대체 얼마나 오랫동안 대소변을 치우지 않은 것인지 오물이 두껍게 바닥을 덮었으며 숨을 쉴 수 없을 정도로 악취가 심해서 도무탄은 어쩔 수 없이 호흡을 닫았다.

그런 상황이지만 그녀를 구하려는 것을 멈추려 하지 않았다. 뇌옥이 더러운 것과 그녀를 구하는 일은 별개라고 생각하기 때문이다.

여자에게 도달한 그에게서 한순간 무형지기가 발출되어 두 가닥의 쇠사슬을 새끼줄처럼 투툭 끊어버렸다.

그저 쇠사슬을 끊어야겠다는 그의 의지에 따라서 무형지기가 발출된 것이다.

바깥에서는 무형지기가 발출되는 것이 전혀 보이지 않았는데 이곳처럼 캄캄한 곳에서는 흐릿한 섬광 같은 것이 찰나지간 번뜩였다가 사라졌다.

쇠사슬에 의해서 매달려 있다가 아래로 떨어져 내리는 그녀를 가볍게 안자마자 도무탄은 즉시 뇌옥 밖 복도로 나와 그녀를 바닥에 뉘였다.

그녀의 몸에 더덕더덕 묻은 오물이 그의 몸에 묻었으나 전혀 개의치 않았다.

그녀의 몸은 수수깡 몇 묶음을 안은 것처럼 가벼웠으며 또한 아무것도 입지 않은 알몸이었다. 하지만 온몸을 덮고 있는 오물과 때가 몇 겹의 옷을 입고 있는 역할을 해주어서 알몸이 손톱만큼도 보이지 않았다.

도무탄은 한 손으로 그녀의 손목을 잡고 공력을 주입하는 한편 다른 손으로는 얼굴을 덮고 있는 머리카락을 이리저리 치워주었다. 아는 사람은 아니겠지만 그래도 누군지 얼굴을 보려는 것이다.

그런데 머리를 감은 지 얼마나 오래됐는지 머리카락이 다 엉겨 붙어서 떨어지지 않았다.

몸뚱이가 그 모양인데 얼굴이라고 다르겠는가. 그 얼굴을 굽어보는 것만으로 구역질이 날 정도지만 도무탄은 태연한 얼굴로 공력을 주입했다.

"하아……."

꽤 오랜 시간이 흐르고 신풍협개를 깨어나게 했던 노력의 서너 배를 쏟아서야 그녀는 겨우 긴 한숨을 토해내면서 힘겹게 눈을 떴다.

그런데 그녀의 눈이 커지는가 싶더니 점점 더 커졌다. 그리고는 더 이상 커질 수 없을 정도가 돼서는 두 눈에 공포가 가득 드리워졌다.

"아… 안 돼……."

갑자기 그녀의 입이 벌어지면서 흐느낌 같은 다급한 소리
가 흘러나왔다.

"나… 를 이용해서 그를 잡으려고 하지 마……. 그냥 나를
죽여줘… 제발……."

뇌전팽가 놈들은 아마도 그녀를 이용해서 누군가를 잡으
려고 했던 모양이다.

그런데 그녀가 말을 듣지 않으니까 쇄골을 쇠사슬로 뚫어
서 매달아놓고 고문을 했던 것 같다.

그녀의 목소리는 마치 쇠붙이끼리 맞부딪치는 것처럼 카
랑카랑했다.

목소리에 힘이 없지만 그 특유의 음색(音色)을 듣는 순간
도무탄은 얼굴이 보기 싫게 일그러졌다.

"이… 이런 빌어먹을……."

도무탄은 방금 들은 목소리를 죽어서도 잊지 못한다. 오늘
날의 등룡신권을 존재하게 만든 장본인. 그를 위해서 무림추
살대를 유인하다가 실종됐었던 여자. 바로 녹상의 목소리이
기 때문이다. 절대 잘못 들었을 리가 없다.

머리끝에서 발끝까지 온통 오물에 뒤덮여서 더럽기 짝이
없는 여자는 두 팔을 허우적거리면서 욕을 하며 도무탄을 때
리려고 했다.

"이… 이놈……. 저리 꺼져라……."

녹상을 만났다는 기쁨보다는 참담한 심정이 된 도무탄은 휘두르는 그녀의 팔을 어깨와 얼굴에 맞으면서 손을 뻗어 그녀의 상체를 부드럽게 안아 일으켰다.

"으으… 이… 이놈아……. 무슨 짓이냐……. 어… 어서 봐라……."

녹상이 더욱 발악을 했지만 도무탄은 외려 그녀를 가슴에 부드럽게 포근히 끌어안았다.

도무탄이 주입한 공력 덕분에 금제가 풀리고 기운이 난 녹상은 두 주먹을 꼭 쥐고 그의 등과 뒤통수를 미친 듯이 두드리며 발버둥을 쳤다.

"이, 이놈! 나를 욕보이려는 것이냐? 죽여 버리겠다! 어서 놓지 못하겠느냐?"

그렇지만 도무탄은 그녀를 더욱 깊숙이 끌어안으면서 뜨거운 눈물을 흘렸다.

"상아, 나다. 오빠다."

"……."

그 순간 놀랍게도 녹상의 발버둥과 그를 때리는 주먹질이 뚝 멈췄다.

"오… 오빠……? 설마… 도무탄이야?"

"그래. 나 도무탄이다."

도무탄은 오물투성이 그녀를 쓰다듬으면서 눈물을 그치지

못했다.

"어… 어디 보자. 우리 오빠… 무탄이 얼굴을……."

녹상이 이번에는 아까하고는 다른 작은 몸부림을 쳤다. 도
무탄의 얼굴을 보기 위한 몸부림이다.

도무탄은 조심스럽게 품에서 그녀를 떼어내고 머리카락을
위로 쓸어 넘겼다.

녹상은 눈을 깜빡거리면서 도무탄을 올려다보다가 두 손
으로 그의 얼굴을 어루만졌다.

"아아… 정말 오빠로구나……. 정녕 이게 꿈은 아니겠
지……? 오빠 무탄이가 내 앞에 나타나다니……."

그녀는 오빠라고 했다가 무탄이라고 부르기도 하면서 갑
자기 눈물을 펑펑 쏟아냈다.

신풍협개와 무영검수들은 두 사람의 관계에 대해서는 자
세히 모르지만 도무탄이 눈물을 흘리면서 기뻐하는 모습을
보고는 심상치 않음을 깨닫고 주위에 빙 둘러서서 조용히 지
켜보았다.

"와아앙! 오빠! 무탄아!"

녹상은 어린아이처럼 울음을 터뜨리면서 그의 가슴으로
뛰어들어 몸부림쳤다.

"내가 살아서 오빠를 만나다니 이건 꿈일 거야……! 흐엉
엉! 오빠! 무탄아!"

권혼을 얻은 도무탄이 고향인 산서성을 떠나올 때 무림추살대에게 추격을 당하다가 그녀가 뇌전팽가의 삼형제에게 공격을 당해서 절벽에서 추락했었으니까 벌써 일 년 반 전의 일이다.

"그래, 상아. 내가 잘못했다. 미안하다."

도무탄은 그녀를 안고 진심으로 사죄했다. 그가 세상에 태어나서 오늘날까지 살아오며 누군가에게 갚지 못할 잘못을 했었다면 그것은 오직 한 사람 녹상이었다.

슥—

도무탄은 녹상을 가볍게 번쩍 안고 일어섰다.

"가자, 상아. 이제는 절대로 헤어지지 말자꾸나."

녹상은 두 팔로 그의 목을 꼭 끌어안은 채 가늘게 떨면서 울기만 했다.


뇌전팽가 밖에서는 무영검가와 진검문, 혈마루, 개방 제자들을 비롯한 십여 개 방, 문파의 고수 이천여 명이 어둠 속에서 겹겹이 포위하고 있었다.

신풍협개를 구하러 들어간 도무탄이 신호를 보내면 이천여 명이 일제히 급습한다는 계획이다.

그중에서도 길쭉한 십자해와 하화지에 빙 둘러싸여 있는 뇌전팽가의 남쪽 담 밖의 숲 속에 매복하고 있는 사람들은 독고우현과 철장협개, 군림방개를 비롯한 무영검수들과 개방 제자들이다.

그런데 공격 신호를 기다리고 있는 어느 순간 모두의 시선이 한곳으로 향했다.

도무탄이 신풍협개를 구한 것은 물론이고 이미 오래전에 죽은 줄로만 여겼던 백다섯 명의 무영검수를 이끌고 나왔기 때문이다.

매복하고 있는 상황이라서 소리를 낼 수 없기 때문에 무영검가 사람들과 개방 제자들은 구출된 사람들을 눈물을 흘리며 얼싸안고 조용히 재회를 만끽했다.

도무탄은 두 명의 무영검수에게 녹상을 맡겨 연지루에 데려다주라고 지시했다.


스사사아아…….

축시(丑時:새벽 2시경). 뇌전팽가의 전문 쪽을 제외한 남쪽과 서쪽, 북쪽의 담을 이천여 개의 검은 그림자가 시커먼 물결처럼 넘기 시작했다.

오늘 밤에는 뇌전팽가의 전체 고수가 밤늦도록 도법연마를 해서인지 경계를 도는 순찰도수의 수가 평소의 절반에도 미치지 못했다.

남쪽은 독고우현과 독고기상, 용강 형제가 이끄는 무영검수들과 개방 제자들이 선두에서 내달렸다.

그리고 서쪽은 혈마루의 혈마수 이백여 명이, 북쪽은 진검문의 진검수들이 선두를 맡아 각기 칠백여 명의 고수를 이끌고 있다.


[소림무승을 비롯한 오대문파 사람들의 거처가 어디냐?]

도무탄은 혼자서 가장 앞서 빛처럼 쏘아 가다가 어느 전각의 모퉁이를 돌고 있는 두 명의 순찰도수를 발견하고 그림자처럼 접근하여, 그중 한 명은 죽이고 다른 한 명의 멱살을 잡고 으르렁거리듯이 물었다.

"끄으으… 저… 저기……. 삼 층 전각……."

순찰도수는 찍소리도 내지 못하고 거꾸러져 죽은 동료의 모습을 퉁방울 같은 눈동자를 굴려서 힐끔거리고는 와들와들 떨며 겨우 대답했다.

쿡…….

도무탄에게서 뿜어진 한 줄기 무형지기가 부윰한 빛을 발하며 두 번째 순찰도수의 미간을 관통했다.

그는 순찰도수가 땅에 쓰러지기도 전에 그가 가리킨 삼 층 전각에 이미 도달했다.

그가 제일 먼저 죽이려는 자들은 절세불련에서 뇌전팽가에 파견하여 상주하고 있는 이십오 명의 소림무승과 사대문파의 도사이다.

소림사와 그들 사대문파에 대한 원한이 골수에 맺혀 있기 때문이며, 그들이 급습 과정에서 탈출할 것을 우려해서 먼저 죽이려는 것이다.

도무탄이 전각에 잠입하여 재빨리 살펴본 바에 의하면, 일 층에는 소림무승과 사대문파 도사들의 시중을 드는 하인과 하녀, 숙수들이 기거를 하고, 이 층과 삼 층은 도사들과 소림무승들이 분산하여 머물고 있었다.

그가 이 층의 첫 번째 방문을 열려고 할 때 바깥 멀리에서 아련한 비명 소리가 두어 마디 들려왔다.

"으악……."

"크아악……."

공격이 시작되어 뇌전도수들을 주살하는 소리다.

방문을 열려던 그는 문에서 손을 떼고 뒤로 한 걸음 물러나서 잠시 기다렸다.

방금 비명 소리를 듣고 방 안에서 누가 나올 것이라고 판단한 것이다.

왈칵!

아니나 다를까, 이 층 낭하에 길게 늘어선 칠, 팔 개의 방문이 거의 동시에 열리면서 잠옷 차림의 도사들이 손에 검을 쥐고 우르르 쏟아져 나왔다.

잠을 자다가 밤새의 울음소리처럼 멀리서 아련하게 들려온 비명 소리에 이처럼 민첩한 반응을 보이다니 과연 소림사와 사대문파의 정예 고수들다웠다.

그렇지만 그들은 낭하가 시작되는 어두컴컴한 곳에 우뚝 서 있는 도무탄을 발견하지는 못했다.

아니, 발견하기도 전에 도무탄이 먼저 그들을 향해 일직선으로 돌격해 갔다.

슈우—

그와 함께 그의 몸에서 번쩍! 하고 발출된 부윰한 무형지기가 여러 줄기로 가느다랗게 부챗살처럼 쪼개지면서 도사들의 급소를 여지없이 관통했다.

퍼퍼어어…….

"큭……."

"허윽!"

최초의 무형지기 발출로 찰나지간에 여섯 명을 거꾸러뜨린 도무탄은 여기에서는 더 이상 무형지기를 사용하지 않기로 마음먹었다.

소림사와 사대문파에 대한 원한이 골수에 맺혀 있는 그로서는 이처럼 너무도 간단하게 상처도 없이 이들을 죽이는 것이 도저히 성에 차지 않았다.

그래서 될 수 있으면 손발을 직접 휘둘러서 이들의 몸뚱이를 때려서 죽여야겠다고 생각하여 그들 속으로 성난 맹수처럼 뛰어들었다.

정확하게 여덟 개의 방에서 뛰어나온 도사는 모두 십육 명이다. 한 방에 두 명씩 기거했던 모양이다.

낭하가 시작되는 계단 쪽 방향의 끄트머리에서 답답한 여러 마디의 비명 소리가 터지자 열 명은 움찔 놀라 일제히 그쪽을 쳐다보았다.

무형지기에 미간과 목 한가운데를 관통 당한 여섯 명이 미처 쓰러지기도 전에 그들을 뚫고 하나의 흐릿한 인영이 튀어나왔다.

"허엇?"

"앗!"

열 명은 공격할 자세를 갖추기는커녕 흐릿한 인영이 무엇인지 확인하지도 못하고 다급한 외침을 터뜨렸다. 그런 상황에서 도무탄은 그들의 정면으로 돌진하며 용권을 전개했다.

스스스……

용권은 신령한 영물인 천룡(天龍)의 동작을 상상하여 창안한 무상의 권법이다.

그래서 원래 초식이나 변화가 없다. 그저 천룡의 움직임, 즉 천룡무(天龍舞)를 충분히 숙지해 두면 어떤 상황에 처하더라도 그 상황에서 가장 적절한 천룡의 움직임이 쏟아져 나가는 것이다.

퍼퍼퍼…….

"큭……."

"꺽……."

도무탄은 주먹이나 발길질로 그들을 직접 때려죽이고 싶었으나 그것은 마음뿐이다. 그러기에는 그의 무공의 경지가 지나치게 높았다. 그의 주먹과 발, 팔꿈치, 무릎에서 직선과 곡선의 투명한 그러나 캄캄한 밤이라서 부윰하게 보이는 강기가 뿜어져 눈 한 번 깜빡이는 것보다 더 빠른 찰나지간에 열 명을 때려죽여 버리고 말았다.

십육 명을 숨 한 번 쉬는 것보다 더 빠른 시간에 모조리 죽여 버린 도무탄은 기분이 조금 허망했다.

이런 것보다는 조금 더 통쾌하게 죽이고 싶었기 때문이다. 하지만 어쩔 수가 없다. 죄라면 그의 무공이 초극의 경지에 올랐다는 것이다.

그때 그는 삼 층의 낭하에서 어지러운 발걸음 소리를 감지하고는 그대로 몸을 솟구쳐 올라 천장을 뚫었다. 이번에는 소림무승들 차례다.

# 第八十三章

수라마룡을 찾아서

등룡기

뇌전각(雷電閣)은 뇌전팽가의 가주 팽기둔의 거처다.

지금 그곳에서 필설로는 설명하기 어려운 치열한 혈전이 벌어지고 있다.

한 가지 다행한 일이 있다. 팽기둔이 공격을 당하고 있다는 사실을 알고는 뇌전팽가의 간부급들과 정예 고수들이 뇌전각으로 대거 몰려들었다는 사실이다.

그들은 팽기둔과 직계 가족을 호위하려는 것이지만 도무탄과 공격자들로서는 적들이 한데 모여 있으니까 싸우는 것이 훨씬 유리했다.

오늘 밤의 급습은 뇌전팽가로서는 청천하늘에 날벼락이 떨어진 것 같은 일이다.

누군가 뇌전팽가를 급습할 것이라고는 예상하지 못했으며, 더욱이 그 상대가 도무탄이 이끄는 무영검가와 개방, 진검문, 혈마루, 그리고 동무림 유수의 방, 문파일 줄은 꿈에도 상상하지 못했다.

도무탄이 소림무승 등 이십오 명을 모조리 처치하고 뇌전각에 도착했을 때에는 독고우현이 팽기둔을, 철장협개와 독고기상, 용강 형제가 뇌전팽가 간부급들을 상대로 치열하게 싸우고 있었다.

예전에 독고우현과 팽기둔의 실력은 용호상박으로 우열을 가리기 어려웠다.

그러나 지금은 독고우현이 반 수 정도 우위를 차지하면서 싸움을 이끌고 있었다.

콰차차창!

팽기둔은 연신 뒤로 밀리면서 두 손으로 움켜잡은 도를 필사적으로 휘두르며 방어했다.

"독고우현! 네가 본 가를 급습하다니 죽으려고 무덤으로 스스로 찾아왔구나!"

팽기둔이 충혈된 눈으로 호통을 치자 독고우현은 오른발로 땅을 힘껏 구르면서 더욱 세차게 무영천중검이라는 검법을 전개하며 압박했다.

쐐쐐애액!

"이놈! 팽기둔! 눈이 있으면 지금 벌어지고 있는 상황을 똑똑히 봐라! 여기가 네놈과 네놈 수하들의 공동 무덤이 될 것 같지는 않으냐?"

팽기둔은 한 호흡에 무려 이십여 차례나 도를 휘둘러서 독고우현의 무영천중검을 막고 나서 찰나의 틈을 내어 재빨리 주위를 둘러보았다.

그는 돌계단 위에서 싸우기 때문에 돌계단 아래에서 벌어지는 광경을 한눈에 볼 수 있다.

그의 시야에 들어온 것은 뇌전팽가의 간부급들은 물론이고 뇌전도수들이 곳곳에서 피를 뿌리며 죽어가거나 열세에 처해 있는 광경이다.

그제야 비로소 그는 독고우현이 이끌고 온 공격자의 수가 자신들보다 몇 배나 많다는 사실과 오늘 밤에 잘못했다가는 낭패를 당할 수도 있다는 사실을 깨달았다.

"아버님! 물러나십시오!"

독고우현이 맹렬하게 팽기둔을 공격해 가고 있을 때 두 사람 머리 위에서 쩌렁한 외침이 터졌다.

독고우현은 외침의 주인이 도무탄이라는 사실을 알고 그 즉시 뒤로 물러났다.

팽기둔은 의아하면서도 불안한 얼굴로 재빨리 위를 쳐다보는데, 이미 하나의 흐릿한 인영이 그의 앞에 소리 없이 내려서고 있어서 다급히 고개를 다시 아래로 내려 나타난 인물을 쳐다보았다.

"너는……."

팽기둔은 도무탄을 발견하고 흠칫 하며 몸이 굳어졌다. 그는 도무탄의 실물을 한 번도 본 적이 없어서 그를 알아보지 못했다.

하지만 본능적으로 어쩌면 그가 등룡신권일지 모른다는 직감이 들었다. 그리고 대게 나쁜 직감일수록 제대로 적중하는 법이다.

"나는 도무탄이오."

"도무탄……."

도무탄의 조용한 말에 팽기둔의 얼굴이 흑색으로 변하면서 눈빛이 마구 흔들렸다.

그는 도무탄이라는 이름을 듣는 순간 마지막으로 붙잡고 있던 끈을 놓으면서 절망의 나락으로 떨어졌다.

이제야 모든 것을 확연하게 알 수가 있을 것 같았다. 멸문한 것이나 진배가 없는 무영검가와 전대 방주와 현 방주 둘다 금제를 당한 개방이 어째서 야밤에 뇌전팽가를 급습했는지, 그리고 저기 보이는 정체를 알 수 없는 여러 방, 문파의 고수들이 오늘 밤의 급습에 대거 동참을 한 이유가 무엇인지를 말이다.

도무탄은 느긋한, 그러나 꿰뚫는 듯한 눈빛으로 팽기둔을 주시하며 조용히 말했다.

"당신이 항복하면 이 싸움은 끝나오. 그리고 많은 인명을 구할 수 있소."

"음……."

그러나 팽기둔은 도무탄의 말에 승복할 수가, 아니, 승복하기가 싫었다.

또한 자신의 원대한 야심이 이렇게 종지부를 찍는다는 사실이 믿어지지 않았다.

"이 어린놈이……."

그는 이를 부드득 갈며 도무탄을 쏘아보았다.

도무탄은 팽기둔에게 마지막 기회를 주었다. 그는 주위를 빠르게 둘러보다가 돌계단 아래 칠, 팔 장쯤 떨어진 곳에서 철장협개와 치열하게, 그러나 조금 밀리면서 싸우고 있는 뇌전팽가의 한 간부급으로 보이는 고수를 발견하고 그를 턱으로 가리켰다.

"저자는 누구요?"

"본 가의 총관이다. 그건 무엇 때문에 묻느……."

퍽!

팽기둔은 총관을 힐끗 쳐다보면서 대답하고는 재빨리 도무탄을 다시 쳐다보려다가 총관의 머리통이 산산이 박살 나는 것을 눈초리로 얼핏 발견하고는 움찔 놀라 다급히 그를 쳐다보았다.

잘못 본 것이 아니다. 철장협개와 싸우고 있던 총관의 머리가 산산이 깨져서 허공에 흩어지며 피와 뇌수를 뿌리는 광경이 아프게 눈 속으로 파고들었다.

팽기둔은 크게 놀란 얼굴로 도무탄과 총관을 번갈아서 쳐다보았다.

그가 보기에 도무탄은 총관을 단지 턱으로 가리켰을 뿐이다. 손가락질한 것도 아니고 그냥 턱이다.

그런데 총관의 머리통이 박살 나버렸다. 도대체 이것을 어떻게 이해를 해야 한다는 말인가. 도무탄이 총관을 죽인 것이 분명한데 무슨 수법으로 죽였는지조차도 모르기 때문에 그저 아연실색할 뿐이다.

"저자들도 당신의 수족 같은 인물들이오?"

도무탄이 이번에는 좀 더 먼 곳에서 군림방개와 독고기상, 용강, 추형단 등과 흩어져서 싸우고 있는 뇌전팽가 간부급 고수들을 역시 턱으로 가리켰다.

"이놈, 무슨 짓을……."

퍼퍼퍼…….

팽기둔이 와락 험악한 표정을 지으려는데 방금 도무탄이 가리킨 뇌전팽가 간부급 고수 세 명의 머리가 한순간 동시에 터져 버렸다.

그들 세 명은 같은 장소에 모여 있지 않고 여기저기에 떨어져 있었다.

"이… 이런……."

팽기둔은 펄펄 끓는 뜨거운 기름을 머리 위에 뒤집어쓴 것 같은 공포가 엄습하는 것을 느꼈다.

"너 이놈……."

그가 부들부들 떨면서 도무탄을 쏘아볼 때 또다시 북을 때리는 듯한 소리가 터졌다.

퍼퍼퍼퍽…….

놀라서 그가 다시 쳐다본 곳에는 또다시 다섯 명의 간부급 고수의 머리가 터지고 있었다.

"그, 그만!"

지금은 도무탄에게 '너 이놈'이란 쓸데없는 소리를 하고 있을 때가 아니다. 그런 말을 하는 동안 심복 수하들이 죽어 가고 있다.

"항복하겠소?"

도무탄이 자신을 응시하면서 조용한 목소리로 묻자 팽기둔은 그를 갈아 마실 듯이 노려보았다.

"이 잔인한 놈……."

"그 말은 항복하지 않겠다는 뜻으로 알아듣겠소."

슈아악!

"허엇!"

도무탄의 말에 팽기둔은 그가 또 심복 수하들을 죽일 것이라고 생각했으나 이번에는 팽기둔 자신이 갑자기 뒤에서 누가 거세게 확 떠민 것처럼 도무탄을 향해 쏘아갔다.

뚝…….

그러더니 그는 도무탄 두 걸음 앞에 뚝 멈춰서 두 발이 둥실 허공으로 떠올랐다.

우둑…….

"끄으으……."

도무탄은 뒷짐을 지고 우뚝 서 있는데, 두 발바닥이 바닥에서 한 자쯤 떠오른 팽기둔의 목이 오른쪽으로 천천히 꺾이며 뼈가 부러지는 듯한 소리가 흘렀다. 팽기둔은 얼굴이 하얘지면서 가래 끓는 소리를 냈다.

도무탄은 팽기둔에게 손은커녕 만지지도 않았는데 팽기둔의 목이 저절로 꺾이고 있는 것이다.

"항복을 하지 않았으니 뇌전팽가의 쥐새끼 한 마리까지 깡그리 죽이는 것으로 하겠소."

"끄끄으……."

팽기둔은 무슨 말을 하고 싶지만 말을 할 수 있는 처지가 아니다.

도무탄의 조금도 잔인하지 않으며 오히려 조용하면서도 부드럽기까지 한 목소리는 팽기둔만이 아니라 모두의 고막을 후벼팠다.

도무탄은 될 수 있으면 뇌전팽가의 수하들만큼은 죽이고 싶지 않았다.

물론 '될 수만 있으면'이라는 것이지 살리는 일이 절대적인 것은 아니다.

뇌전팽가 수하가 얼마가 됐든지 모조리 죽여도 상관이 없는 일이다.

그렇지만 그것은 쌍방 간에 큰 손해다. 결과적으로 보면 뇌전팽가는 전멸을 할 것이고, 그들을 죽여야 하는 이쪽 고수도 다수 죽거나 부상을 당할 터이다.

도무탄이 구하려고 하는 것은 우리 쪽의 고수들이다. 생전 본 적도 없고 한 움큼의 마음도 가지 않는 뇌전팽가 수하들을 살리기 위해서 애를 쓰는 것이 아니다.

우리 쪽 고수들이 희생하지 않으면 뇌전팽가 수하들도 덩달아서 죽지 않을 것이다.

말하자면 승(勝), 승(勝) 전법이다. 싸움에서 둘 다 죽지 않고 승패가 난다면 그야말로 최상이다.

도무탄은 지금 당장 팽기둔의 목을 부러뜨리고 싶은 혈기를 겨우 다스리고 있는 중이다.

그러면서 그는 지금 상태에서는 팽기둔이 목이 꺾여서 말을 하지 못할 테니까 무형지기를 슬쩍 거두어서 그의 목이 원상태로 조금 돌아가게 해주었다.

쳐 죽이고 싶은 놈에게 그런 자비를 베푸는 데에는 큰 인내심이 필요했다.

"끄으으……."

"마지막 기회를 주겠소. 항복하겠소?"

목이 꺾여서 얼굴이 새하얘진 팽기둔 얼굴에 혈색이 돌아오고 쥐어짜는 듯한 신음을 흘리는 것을 보면서 도무탄은 건조한 목소리로 중얼거렸다.

이제야 팽기둔은 절실하고도 확연하게 깨달았다. 저렇게 조용하고 공평무사한 것 같은 모습의 도무탄이 사실은 악마보다 더 잔인무도하다는 사실을.

"허윽! 하… 항복하겠다……."

그는 한동안 숨을 쉬지 못해서 우선 공기부터 들이켜야 하는데도 도무탄이 또 다른 짓을 저지를까 봐 두려움에 떨면서 숨을 들이켜며 동시에 대답했다.

이즈음 뇌전각을 중심으로 벌어지고 있는 싸움은 잠시 중지된 상태다.

뇌전팽가의 총관이며 당주급들이 줄줄이 대갈통이 박살 나서 즉사를 하고, 팽기둔이 허공에 둥둥 떠서 목이 꺾이고 있는 판국에 싸움을 계속할 배짱을 지닌 뇌전팽가의 고수는 한 명도 없었다.

도무탄은 팽기둔의 목을 똑바로 펴주었다. 물론 손을 대지 않고 무형지기로 그리했다. 그런 후에 그를 바닥에서 이 장 높이 허공으로 띄워 올려주고는 그를 올려다보면서 말했다. 아니, 명령했다.

"당신 수하들이 다 듣도록 말하시오."

차라리 밧줄로 온몸이 꽁꽁 묶인 것보다도 더 수치스러운 상황에 처한 된 팽기둔은 타의에 의해서 허공에 뜬 채 참담한 표정으로 수하들을 굽어보다가 이윽고 착잡한 목소리로 말했다.

"뇌전도수들은 모두 무기를 버리고 투항하라……!"

그러나 그의 말을 다 들었을 텐데 무기를 버리는 뇌전도수는 한 명도 없다.

그렇지만 도무탄은 팽기둔을 채근하지 않았다. 그런 것은 하수나 하는 짓이다. 가만히 내버려 두면 겁에 질린 팽기둔이 다 알아서 할 것이다.

그러나 항상 변수라는 것이 있게 마련이다. 허공에 떠 있는 상태에서 완벽하게 도무탄에게 제압을 당한 팽기둔은 그 순간 한 가지 중요한 사실을 깨달았다.

항복을 하더라도 도무탄이 자신을 살려주지는 않을 것이라는 사실이다.

백 번을 양보해서 도무탄이 팽기둔을 살려준다고 해도 독고우현은 절대로 그 말에 따르지 않을 것이다.

일전에 뇌전팽가는 영능의 앞잡이 노릇을 하여 무영검가를 괴멸시켰는데 독고우현과 그의 혈족이 팽기둔을 살려줄리가 없다.

독고우현이 그런 식으로 나온다면 도무탄은 그냥 손을 뗄 것이 분명하다.

여기까지 생각이 미친 팽기둔은 감정이 북받치고 머리가 확 돌아버려 이성을 잃고서 갑자기 목에 핏대를 세우며 악을 쓰듯이 바락바락 소리쳤다.

"모든 뇌전도수는 마지막 한 명까지 항복하지 말고 끝까지 싸워라!"

그 순간 도무탄의 짙은 눈썹이 꿈틀 꺾이는가 싶더니 슬쩍 눈에 힘을 주자 허공에 떠 있는 상태인 팽기둔이 몸이 그대로 폭발해 버렸다.

퍼펔!

무형지기를 끈처럼 뻗어서 팽기둔의 몸을 지탱하고 있었는데 그것으로 그의 몸뚱이를 강타하면서 수백 조각의 빛으로 화해 사면팔방으로 뿜어지게 한 것이다.

그랬더니 그의 몸이 수백 조각으로 잘라져서 피와 뇌수, 몸 속의 체액과 함께 허공에 소나기처럼 확 뿌려지며 많은 사람의 머리 위로 쏟아졌다.

그와 동시에 잠시 멈췄던 싸움이 다시 시작됐다.

"와아악! 모조리 죽여라!"

"끄아아―! 한 놈도 살려두지 마라!"

가주 팽기둔이 허공중에서 산산조각 나서 참혹하게 죽는 것을 목격한 뇌전도수들이나, 뇌전팽가에 철천지 원한이 있는 무영검가와 개방, 그 밖의 방, 문파 고수들은 이성을 잃고 가장 가까운 곳의 적들을 향해 맹렬하게 도검을 휘두르며 덮쳐갔다.

도무탄은 아차 싶었다. 설마 팽기둔이 마지막 순간에 자신의 목숨을 내던지면서까지 도발을 할 것이라고는 예상하지 못했다.

아니, 예상은 했으나 그럴 가능성은 희박하다고 낙관했었다. 그런데 뒤통수를 호되게 얻어맞았다.

그렇지만 이젠 어쩔 수가 없다. 이미 엎질러진 물이니 주워 담을 수도 없다.

스읏……

도무탄은 둥실 몸을 띄웠다가 치열한 싸움이 벌어지고 있는 곳으로 빛처럼 쏘아갔다.

이제부터 그가 할 일은 최고로 빨리 뇌전도수들을 무차별 죽이는 일이다.

그래야지만 우리 쪽 고수가 한 명이이라도 덜 죽고 덜 다칠 테니까 말이다.

*     *     *

등룡신권에 의하여 뇌전팽가가 괴멸되면서 동무림이 하루 아침에 평정됐다.

그리고 그 소문은 삽시간에 천하로 퍼져 나갔다.

그런데 예상하지 못했던 일이 벌어졌다. 등룡신권이 절세 불련의 동군주인 뇌전팽가를 괴멸시키면 그를 따르는 방, 문 파들이 일제히 봉기할 줄 알았는데 그게 아니었다. 한마디로 쥐 죽은 듯이 고요했다.

뇌전팽가를 급습하는 날 저녁에 개방 제자들의 손을 빌어 서 북경성의 모든 방, 문파에 '내일 아침까지 절대로 전문 밖 으로 나오지 마라' 는 서찰을 전했으며 서찰의 말미에는 등룡 신권의 별호가 적혀 있었다.

놀랍게도 서찰의 내용은 정확하게 엄수됐다. 북경성의 방, 문파 중에서 다음 날 아침이 되기 전에 전문 밖으로 사람이

나온 곳은 한 군데도 없었다.

그리고 다음 날 아침에 뇌전팽가가 밤사이에 괴멸했다는 소문이 퍼졌다.

그리고 그때부터는 모든 일이 일사천리로 풀렸다. 무영검가와 개방, 진검문이 앞서 북경성을 비롯하여 동무림의 방, 문파들을 수습했다.

그리고 혈마루는 동무림 내의 마도방파들과 사도방파들까지 수습에 나섰다.

도무탄은 뇌전팽가를 괴멸시키고 나서 딱 한마디를 동무림에 공포(公布)했다.


—우리와 단결하거나 아니면 열흘 안에 동무림을 떠나라.


이윽고 열흘이 지났을 때 동무림을 떠난 방, 문파는 하나도 없었다.


*　　　*　　　*


도무탄은 절세불련의 총련주(總聯主)인 절세불룡 영능이 빠른 시일 내에는 함부로 동무림을 치지 못할 것이라고 판단했다.

보름이 지난 후에 동무림이 어느 정도 안정을 찾게 되자 그는 동무림을 독고우현과 신풍협개에게 맡기고 혼자서 먼 길을 떠났다.

그의 목적지는 북경성에서 팔천여 리나 멀리 떨어진 강남 땅 강서성이다.

그리고 그가 만나려는 사람은 마도무림을 일통한 수라전의 전주 수라마룡이다.

도무탄의 목적은 영능을 죽이고 절세불련을 와해시켜서 전 무림을 평화롭게 만드는 것이다.

그렇지만 그러기 위해서는 반드시 넘어야 할 산이 있다. 바로 수라마룡이다.

수라마룡이 이른바 마도대업, 즉 천하를 마도로 일통하려는 야망을 품고 있기 때문에 그를 만나서 어떤 식으로든 담판을 지어야만 한다.

『등룡기』9권에 계속…

이 시대를 선도하는 이북 사이트

# 이젠북

# www.ezenbook.co.kr

---

**더욱 막강해진 라인업!**
**최강의 작가들이 보이는 최고의 재미.**

이들의 "유료연재"가 시작됩니다!

김재한 『성운을 먹는 자』  태제 『태왕기 현왕전』
홍정훈 『월야환담 광월야』  전진검 『퍼팩트 로드』
이지환 『어린황후』  방태산 『완벽한 인생』
좌백 『천마군림 2부』  왕후장상 『전혁』
김정률 『아나크레온』  설경구 『게임볼』

---

검색창에 **이젠북** 을 쳐보세요! ▼

『궁귀검심』, 『장강삼협』의 작가 조돈형
그가 그려내는 새로운 이야기!

무림삼비(武林三秘)
천외천(天外天), 산외산(山外山), 루외루(樓外樓).

일외출(一外出), 군림천하(君臨天下)!
이외출(二外出), 난세천하(亂世天下)!
삼외출(三外出), 혈풍천하(血風天下)!

가문의 숙원을 위해, 가문을 지키기 위해
진유검, 무림의 새로운 질서를 세우다!

Book Publishing CHUNGEORAM

유행이 아닌 자유추구 -
WWW.chungeoram.com

천예무황

원생 新무협 판타지 소설
FANTASTIC ORIENTAL HEROES

天藝武皇

진짜배기 무협의 향기가 온다!

『천예무황』

산중에서 평화로이 살던 의원 설운.
평범하게만 보이는 그에게는 씻을 수 없는
과거가 있었으니…….

칠 년의 세월을 지나
피할 수 없는 과거의 업(業)이 다시 찾아온다.

'잊지 마오.
세상 모든 사람이 다 그대를 잊은 그때에도
나는 그대를 기억하고 있음을.'

정(正)과 마(魔)의 갈림길.
무림을 덮은 혈풍 속에서 선(善)의 길을 걷다!

Book Publishing CHUNGEORAM

유행이 아닌 자유추구 -
WWW.chungeoram.com

# 말년병장, 이등병 되다!

에바트리체 장편 소설

FUSION FANTASTIC STORY

대한민국 남자라면 알고 있을 바로 그 이야기!

『말년병장, 이등병 되다!』

전역을 코앞에 둔 말년병장, 이도훈.
꼬장의 신이라 불리던 그가 갑자기 훈련병이 되었다?!

"…이런 X같은 곳이 다 있나!"

전우애 넘치는 군인들의
좌충우돌 리얼 군대 이야기!

Book Publishing CHUNGEORAM

유행이 아닌 자유추구 -
WWW.chungeoram.com

# LORD

### FANTASY FRONTIER SPIRIT

# RAY SHADE

## 영주 레이샤드

### 한승현 판타지 장편소설

저주받은 영지 아베론의 영주 레이샤드.
열다섯 번째 생일날,
정체불명의 열쇠가 그의 운명을 바꾸었다!

## 『영주 레이샤드』

시험의 궁을 여는 자, 원하는 것을 얻으리니!
시련을 극복하고 새로운 땅의 주인이 되어라!

### 레이샤드의 일대기가 시작된다!

Book Publishing CHUNGEORAM

유행이 아닌 자유추구 -
**WWW.chungeoram.com**

# FANATICISM HUNTER

# 광신사냥꾼

### 류승현 판타지 장편 소설

FANTASY FRONTIER SPIRIT

「블레이드 마스터」의 류승현 작가가 펼쳐내는
판타지의 새로운 신화!

마도대전을 승리로 이끈 유리언 대륙의 영웅,
최강의 아크 메이지 제온!

그러나 '세상의 섭리'에 아내와 아이를 빼앗기는데…….

## 『광신사냥꾼』

만약 그것이 정말로 세상의 섭리라면,
그마저도 무너뜨리고 말리라!

복수를 위한 제온의 위대한 여정이 시작된다!

Book Publishing CHUNGEORAM

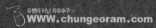

유행이 아닌 자유추구 -
WWW.chungeoram.com